COISAS QUE ME LEMBRAM VOCÊ

Mariana de Azambuja Cardoso

Coisas que me lembram você

Vermelho Marinho

2025

Autora
Mariana de Azambuja Cardoso

Capa
Barbara Lana

Editor-chefe
Tomaz Adour

Diagramação
Marcelo Amado

Revisão
Equipe Vermelho Marinho

CIP-BRASIL. CATALOGAÇÃO NA PUBLICAÇÃO
SINDICATO NACIONAL DOS EDITORES DE LIVROS, RJ

C264c

Cardoso, Mariana de Azambuja
Coisas que me lembram você / Mariana de Azambuja Cardoso. - 1. ed. - Rio de Janeiro : Vermelho Marinho, 2025.
240 p. ; 21 cm.

ISBN 9788582654460

1. Romance brasileiro. I. Título.

25-101213.0 CDD: B869.3
CDU: 82-93(81)

Gabriela Faray Ferreira Lopes - Bibliotecária - CRB-7/6643

16/10/2025 20/10/2025

VERMELHO MARINHO

EDITORA VERMELHO MARINHO
Avenida Gilka Machado, 315 – bloco 2 – casa 6
Recreio dos Bandeirantes – CEP: 22795-570
Rio de Janeiro – RJ

Para as pessoas mais importantes da minha vida...

Meu pai e minha mãe: eternos na maior das saudades e nas mais lindas lembranças.

Minhas filhas, Maria Antonia e Maria Celina: é TUDO por vocês, sempre.

Com todo o meu amor.

P.S. Tio Sergio, como eu queria que você ainda estivesse aqui para viver isso comigo.

Trilha Sonora do Capítulo I

1. Hunting High and Low – a-ha
2. ...Baby One More Time – Britney Spears
3. Kiss on My List – Daryl Hall & John Oates
4. A Fórmula do Amor – Leo Jaime (feat. Kid Abelha)
5. Um Certo Alguém – Lulu Santos
6. Two Princes – Spin Doctors
7. Lost in Your Eyes – Debbie Gibson
8. It's All Coming Back to Me Now – Céline Dion
9. Breathless – The Corrs
10. It's My Life – Bon Jovi

Capítulo I
Entre dois amores

Sábado de sol no Rio de Janeiro.

Dia de ir à praia em Ipanema para encontrar "por acaso" com o Manoel. É de lei, bastou aparecer um mormaço, ele bate ponto no posto 10, entre o *Cap Ferrat* e o *Country*, e ali fica, por horas a fio, só tomando cerveja e jogando buraco com os amigos.

O único problema é que eu detesto areia, sou uma negação no mar e não me sinto exatamente confortável de biquíni – culpa da minha mãe, que passou nove meses pedindo a Deus para eu nascer de perna grossa e bunda grande (no que ela foi prontamente atendida), só esqueceu de incluir no combo que eu deveria vir *fitness* e sem tendência a engordar.

Contudo, porém, todavia, entretanto... Às vezes o amor exige sacrifícios, não é mesmo? Então, escondi minhas inseguranças embaixo de um short que levanta até defunto e lá fui eu, caminhando pelo calçadão, lépida e fagueira, ouvindo minha playlist dos anos 90 preferida, preparada para voltar que nem um croquete pré-frito, mas com esperança de que, ao me ver, o Manoel finalmente lembre que eu existo. Afinal, lá se vão doze dias que a gente ficou e, desde então, ele tomou chá de sumiço...

Quando comecei a pirar, pensando no vácuo prolongado em que fui deixada, logo avistei a Rafa, linda, com um biquíni verde que combina com seus olhos, contrastando com o tom negro de sua pele e de seus longos cabelos cacheados, pontualíssima, me esperando em frente à rua Aníbal de Mendonça. Acelerei o passo.

– Amiga! – gritei. Rafa abriu um sorrisão.

– O Maneco pode ser um baixinho babaca, Belzinha. Mas só de fazer minha branquela vir à praia, já amo ele! – disse, aos risos.

Guga, que vinha da direção contrária, todo sorridente, tirando onda com seus olhos cor de mel e seu cabelo raspado, esbanjando todo charme e malemolência de um típico carioca praiano, já foi logo pegando carona no bonde andando.

– Opa! Manoel é oficialmente um babaca agora? – questionou, zoando.

– Não provoca a fera, Guga. Quer morrer? – brincou Rafa.

Nisso, eu já estava na areia, com meu olhar de lince ativado. Nada como localizar o alvo antes de determinar a posição mais estratégica e propícia ao ataque. No caso, não muito perto do Manoel, mas bem ao alcance de seus olhos.

Enquanto isso, Rafa e Guga vinham logo atrás de mim. Rafa tratou de providenciar barraca e cadeiras, ao passo que Guga seguia tentando testar minha paciência com suas nada motivadoras brincadeiras.

– Já imaginou se o moleque teve uma dor de barriga daquelas e não pôde vir à praia justo hoje?!? – agourou Guga.

– Gustavo, você realmente está pedindo para apanhar. Olha a cara da Isabel! – alertou Rafa, tentando (em vão) segurar a gargalhada que insistia em sair.

Na verdade, eu não estava nem aí para o que os dois estavam falando, totalmente focada na minha missão de achar agulha em palheiro. E não deu outra. Praia entupida, sol a pino, quarenta graus na moleira, como se estivéssemos em pleno verão, sensação térmica à la deserto do Saara, desidratação quase chegando, mas não era miragem: no meio do caos, encontrei o Manoel. Fiquei petrificada.

– E aí, Bel, localizou o meliante? – perguntou Guga.

– Óbvio! Por isso ela parou, né Gustavo?! – pontuou Rafa, logo dando continuidade à conversa. – Belzinha é profissional nisso. Lembra que ela conseguiu achar aquele carinha que ela ficava, a quilômetros de distância, chovendo a rodo, em pleno show do Coldplay no *Rock in Rio*?!?

– Pode crer. Aquele dia foi muito sinistro.

O papo dos dois estava indo de vento em popa, mas não era hora para aquilo.

– Em vez de vocês ficarem falando abobrinha aí, que tal me ajudarem a colocar a barraca ali?!? – disse, apontando em direção à área escolhida para o combate. Guga, então, fincou a barraca e fomos nos espalhando, dominando o território.

Devidamente acomodada em minha canga, pude enfim me livrar daquele short que, de tão apertado, mal me deixava respirar. Me besuntei de filtro solar, dei uma ajeitada no cabelo e tratei de colocar meus óculos escuros – nada como observar tudo, sem dar pinta.

Não demorou muito, Manoel notou minha presença. Minhas bochechas automaticamente coraram e alcançaram uma temperatura vulcânica. Graças a Deus estávamos na praia e, qualquer coisa, eu podia colocar a culpa no sol. Meu estômago não tinha borboletas: era um *viveiro* inteiro, alvoroçado, em ebulição dentro da minha barriga. Será que ele ia me dar alguma explicação? Uma desculpa esfarrapada que fosse. Será que ele simplesmente ia puxar papo comigo, como se nada tivesse acontecido? Ou será que ele ia me chamar para fazer alguma coisa mais tarde hoje? O coração estava na boca de tanta ansiedade.

Porém, como em um meme de expectativa *versus* realidade, Manoel abriu um sorriso mais resplandecente do que letreiro de neon, acenou de longe e... só! Mais nada!

– Eita! – exclamou Guga. – Que baita balde de água fria... – continuou ele.

– Cara, juro para vocês, não consigo entender o que aconteceu. Nosso beijo foi simplesmente p-e-r-f-e-i-t-o! *Top #1* da minha lista, disparado. Só de pensar, SENHOR! Melhor encaixe, no ritmo certo, com pegada, cheio de vontade, mas super carinhoso ao mesmo tempo. E o papo entre a gente fluiu lindamente. Tudo divino e maravilhoso. E dava para ver que ele estava curtindo também.

– Mas o Manoel sempre foi lesado, meio fora da curva, Bel. Não dá para esperar um comportamento padrão dele – apontou Guga, de alguma forma tentando atenuar toda frustração que eu estava sentindo.

– Exato! – concordou Rafa. – Nem rede social o cara tem. Pode ser mais esquisito do que isso?

– Eu jurava que, desse jeitinho dele, ele tinha ficado amarradão em mim.

– Vai entender, amiga... Homens!

– Não generaliza, não, pô! – protestou Guga.

Eis que, do nada, surge na nossa barraca um espetáculo de homem, verdadeiro colírio, nunca antes visto, fazendo eco para o que Guga tinha dito.

– Isso aí, Dona Rafaela, pare de colocar todos os homens no mesmo balaio.

Rafa imediatamente se levantou, com a destreza que apenas seres esguios e com corpos leves e esculturais conseguem ter, e se pendurou no pescoço daquele garoto misterioso, lindo, de pele dourada, corpo sutilmente definido, olhos claros e sotaque divino.

– Menino, o que você está fazendo no Rio?!? – perguntou ela, enquanto desgrudava do cangote do rapaz.

– Passei para Direito na UERJ. Aí, tranquei a faculdade em Minas e me mudei para cá no início do semestre. Estou morando com minha tia Dorinha. Lembra dela?

– Que massa, Chico! Claro que lembro dela. Está gostando daqui?

– Estou me adaptando ainda... Mas adoro os cariocas! Aliás, quando tiver alguma boa, me chama. Preciso conhecer mais gente na cidade.

– Claro! Inclusive, deixa eu apresentar vocês... Essa é a Bel, minha melhor amiga. E esse é o Guga. Gente, o Chico é meu amigo de infância, dos tempos em que eu passava as férias lá na fazenda da minha tia-avó, na divisa entre Minas e Bahia.

– E aí, beleza? – disse Chico, enquanto cumprimentava Guga e se curvava para me dar dois beijinhos.

– Que moça mais cheirosa! – complementou ele, me fazendo abrir um sorriso de orelha a orelha, enquanto minhas bochechas mais uma vez ficavam em chamas e completamente ruborizadas. Difícil fingir costume diante de um gato daqueles.

Notei Guga sorrindo, feliz por mim, curtindo a situação.

– Já vi que Manoel é coisa do passado... – sussurrou ele.

– Manoel? Que Manoel? – brinquei.

– Senta aí com a gente, cara. – convidou Guga, nitidamente bancado o cupido.

– Pô, adoraria, mas tenho que encontrar minha prima lá no Arpoador. Mas se forem vir à praia amanhã, me chamem.

Rafa, então, entregou o celular para ele.

– Anota aí seu telefone 021. Só tenho o mineirinho.

Dito e feito.

Assim que Chico devolveu o telefone para a Rafa, eu não me contive.

– Se tiver de bobeira hoje à noite, Chico, a galera vai lá para casa jogar conversa fora. Anima? – perguntei, sob o olhar atônito de Guga e Rafa, que obviamente não estavam cientes da programação que eu tinha acabado de inventar.

– Uai, olha que eu vou mesmo... – sorriu Chico, aparentemente bem animado.

Rafa, sem perder tempo, passou meu endereço por mensagem. Ele logo viu.

– Que horas vocês marcaram?

– Tipo nove – se meteu Guga.

– Beleza, então! Obrigadão pelo convite, Bel. A gente se vê mais tarde, com certeza – respondeu Chico, já tomando seu rumo, porém deixando escapar uma piscadela, que me fez derreter mais do que a temperatura senegalesa que estava fazendo.

Com a boa da noite definida, Guga tratou de ir dar uma circulada atrás de algum contatinho para acompanhá-lo na resenha.

– Não demora, Guga. Já são duas da tarde. A gente precisa sair, estourando, daqui a uma hora, para dar tempo de organizar tudo lá em casa.

– Relaxa, "moça cheirosa". Vai ser jogo rápido.

Rimos, os três.

E lá foi ele.

– Ai, Rafa, certeza que o Guga vai atrás da vaca da Letícia.

– Impressionante como ele arrasta um caminhão inteiro por essa falsiane platinada...

– O pior é que ela é a única garota do colégio inteiro que não dá a mínima para ele.

– Em compensação, dá tudo mais para todo mundo!

– Fato. Principalmente quando se trata do namorado ou do casinho de alguma amiga dela, né?

– Messalina profissional, com *expertise* em talaricagem. Aff.

Enfim, o melhor que eu tinha a fazer era ignorar o mau gosto do meu *bestie* e acompanhar bem de longe o Chico desaparecendo no meio daquele mar de gente, que lotava a escaldante areia do posto 10, enquanto nossa relações públicas oficial, Rafa, dava início aos trabalhos e, focadíssima, se alternava entre mensagens e telefonemas, convidando a galera para mais tarde.

– Estava aqui pensando... Que roupa eu posso usar hoje à noite? – Rafa tira o olho do celular, faz que vai me responder, mas é surpreendida com o que vê. A cara dela de espanto foi sensacional!

– Bel, não olha agora, mas adivinha quem está vindo na nossa direção?

Obviamente, bastou ela dizer isso para eu virar meu rosto na hora. E nada discretamente, é claro.

Impressionante como homem sente de longe quando está perdendo terreno, não é mesmo? Mal Chico saiu da minha vista, lá estava Manoel se aproximando. Doze dias e uma acenada à distância depois, foi preciso um cara novo aparecer para o sequelado tomar uma atitude.

– Tão bom encontrar você de novo! – soltou o sumido, enquanto se acomodava ao meu lado, dividindo a canga comigo.

Tentei evitar, bancar a difícil, fazer doce, ser *blasé*, mas não teve uma parte do meu rosto sequer que não tenha escancarado minha alegria. Também, como resistir àqueles olhos amendoados, àquela voz deliciosamente mansa, àquele nariz tipo grego, perfeito, pontudo e fino, parecendo que tinha sido esculpido em Carrara?!? Sem falar naquele sorriso lindo, meio tímido, iluminado...

– Foi irado aquele dia, Bel. Me amarrei demais.

Eu sei, eu sei. Ele deu a deixa perfeita para eu fazer a pergunta que não queria calar: – Por que você não me ligou, então, seu desgraçado? Mas as palavras não saíram, seguiram presas na garganta, porque à medida em que ele se aproximava de mim, meu (volúvel) coração parecia que ia sair pela boca de tão acelerado. Tentei focar na minha mãe me mandando ter brio, amor-próprio e compostura, mas quando me dei conta já estava retribuindo o beijo que o Manoel havia me roubado – e foi ainda mais perfeito do que eu lembrava.

Logo em seguida, Manoel se levantou. Achei que fosse embora. Mas, não! Ele alongou o corpo, me puxou e me envolveu em um abraço delicioso. Com alturas parecidas, o enlace foi perfeito. Ficamos ali, em pé, acoplados um ao outro, conversando sobre amenidades ao pé do ouvido, entre um beijo e outro, ao som das ondas quebrando na arrebentação. Parecia que só tinha nós dois na praia. Meu estado de êxtase era tal, que nem me dei conta de que estava com minha bunda exposta naquele biquíni, à mostra, sem canga, sem short, sem nada – só com a mão boba dele que, vez ou outra, teimava em descer da minha cintura.

De repente, como um despertador que toca no meio de um sonho bom, senti alguém cutucando minhas costas. Era a Rafa, completamente sem graça.

– Amiga, desculpa atrapalhar, mas já são quase quatro da tarde e a gente tem que ir.

– Puxa, já? – lamentou Manoel, me apertando no nosso abraço.

– Pois é. A gente resolveu fazer uma resenha lá em casa hoje e...

– E você vai, né Maneco? – interrompeu Rafa.

– Não estava sabendo de nada. É para eu ir?

– CLARO! – respondemos, em coro.

– A gente decidiu meia-hora atrás, cara. Por isso você ainda não estava por dentro – complementou Guga, recém-chegado do seu rolê.

– Então, já é! – disse o ex-cancelado Manoel, antes de me dar um selinho, um abraço daqueles que você quer morar dentro e, enfim, voltar para os amigos dele.

Guga estava se segurando para não rir, mal conseguia fechar a porcaria da barraca de tanto que se contorcia.

– O que foi, mala? Desembucha! – perguntei, preparada para ser altamente zoada.

– É sério que depois de inventar um evento na sua casa por causa do novato, você não só pegou a meta original, como convidou o cara para a resenha que o outro vai?

– Nem me fala! Vida de ariana é estafante. Essa coisa de ser intensa, movida à paixão e fazer tudo por impulso me coloca em cada situação... Será que vai dar ruim com os dois lá?

– Tem mega potencial para dar MUITO ruim... – alertou Guga, conhecendo bem a amiga que tem.

– Não cai na pilha dele, Isabel. A gente vai fazer dar bom! – tentou me tranquilizar Rafa.

– Aliás, amiga, nem te perguntei... Você e o Chico já tiveram alguma coisa? Você prefere que eu deixe para lá? Não quero dar uma de Letícia – questionei, aproveitando para dar uma alfinetada no Guga, que esboçou um chio, mas acabou ignorando minha provocação.

– Imagina! Até rolava uma paquerinha quando a gente era mais novo, mas ele já era um espetáculo, e é uns três anos mais velho do que eu, aí meu vô não dava folga, ficava sempre alerta quando a gente estava junto. Nessa, eu acabei pegando o primo dele, que é da nossa idade e mais feio do que arroto na mesa. Ninguém podia imaginar que eu ia ter coragem de beijar aquele menino, então o caminho estava sempre livre para uns amassos aqui e ali.

– Que comentário infame, Rafaela! Não se cospe no prato que comeu... – brincou Guga, com o riso solto.

– Coitado desse primo. Verdadeiro tribufu! – concluí. – Mas quer dizer que, além de lindo, simpático, futuro advogado, o Chico tem vinte anos? Nossa! Só melhora.

– Vai com tudo, Belzinha! – disse Rafa.

– Tem certeza, amiga? – quis me certificar.

– Eu que pergunto: tem certeza, Isabel? E o Manoel? Arianas! – resmungou Guga.

Rafa e eu rimos, mas no fundo fiquei bolada. Errado o Guga não estava.

– Bel, não quero absolutamente nada com o Chico. Ele é todo seu, se você quiser. Eu amo o Heitor, amiga! Aliás, semana que vem a gente faz um ano e meio de namoro...

– Nesse ano e meio, se eu vi vocês dois juntos umas três vezes foi muito – implicou Guga.

– Vai ver pela quarta vez hoje, seu pentelho – retrucou Rafa.

– Parem de picuinha, vocês dois. Sem tempo para isso. Vamos acelerar o passo aqui. Já pegaram tudo? Precisamos ir embora, temos uma resenha para organizar.

– Aliás, amiga, você lembrou de avisar para a tia Fernanda e para o tio Gael que vai ter resenha hoje? – questionou Rafa, inspirando Guga em mais uma de suas respostas cheias de ironia.

– Com certeza ela lembrou, Rafaela... Entre um beijo e outro no Manoel.

Rimos todos.

– Vou mandar mensagem agora... Mas, tenho certeza, não vai ter galho nenhum. Vocês sabem que, pelos meus pais, a gente não sairia nunca, né? Por eles, a programação seria sempre lá em casa.

– Fato! Seus pais não existem, amiga. Eu amo eles – declarou Rafa.

– São duas figuras. Sua mãe sonha em me transformar em um clássico mauricinho. Já seu pai me sacaneia para cacete, mas no fundo, eu sei, é puro amor.

– Larga mão de ser convencido, Gustavo. É porque você é altamente sacaneável, mesmo!

– Deixa de ser invejosa, Rafaela. Isso tudo é ciúme porque eu sou o amigo preferido?!?

Mal Guga terminou a frase, chegou notificação no meu celular. Era mensagem da minha mãe.

– Como eu previa, eles acharam maravilhosa a ideia! Minha mãe vai pedir uns pães a metro na *delicatessen* lá perto de casa e meu pai está indo comprar as bebidas.

– Bebidas? – perguntou Rafa, incrédula.

– Refri, água e suco, né, amiga?! Esqueceu da minha mãe no vídeo da minha festa de quinze anos falando para o garçom que "quanto menor o convidado, maior o problema"?!?

– Fiquem tranquilas, meninas. Eu, como único maior de idade de nós três, do alto dos meus dezoito anos de idade, me encarregarei de levar o álcool...

– Boa, Guga! Já eu, pensando na importância da glicose para atenuar os efeitos do álcool, levarei suculentos brigadeiros! – completou Rafa.

– Ou seja, tudo no esquema! Bora?

E lá fomos nós em direção ao calçadão. Eu, mais uma vez entalada naquele maldito short, com minha circulação sanguínea gritando por socorro, enquanto meus pés sucumbiam na ardente areia da praia de Ipanema. Mas, apesar de tudo isso, apesar de, como previsto, estar voltando para casa como um croquete pré-frito, eu estava feliz. Muito feliz.

Trilha Sonora dos Capítulos II e III

1. What a Wonderful World – Louis Armstrong
2. Love Is Here to Stay – Frank Sinatra
3. Never Grow Up (Taylor's Version) – Taylor Swift
4. Slipping Through My Fingers – ABBA
5. Stay As Sweet As You Are – Nat King Cole
6. Saturday Night – Whigfield
7. I Feel Pretty – Julie Andrews
8. Wonderful Tonight – Eric Clapton
9. Who's That Girl – Madonna
10. Isn't She Lovely – Stevie Wonder

Capítulo II

Os Albuquerque de Carvalho

Vim pela orla irradiando felicidade. Sabe quando sua euforia é tanta que chega a irritar quem está de mau humor ou de mal com a vida? Pois, então. Eu estava nesse exato estado de graça. Cada cachorro simpático que passava, cada bebê pegando sol no carrinho, cada criança fofa ou toda lambuzada, cada idoso que passava por mim bem devagarinho, para todos eles eu soltava um sorriso largo e genuíno.

Na rua de dentro, passei cumprimentando todos os porteiros pelo caminho. Quando entrei, enfim, no meu condomínio – um lugar tranquilo, cheio de casas lindas, com uma vizinhança bastante educada –, parei para conversar com o Geraldino, o segurança que fica controlando os carros entrando e saindo. Depois de uns vinte minutos de papo, fui afinal para casa.

Chegando, abri o portão e me deparei com minha mãe organizando arranjos de flores, enquanto papai desembrulhava os sanduíches a metro para, em seguida, colocá-los na mesa da varanda. Parei ali e, sem dar um pio, fiquei de butuca, só observando os dois.

– Assim, Nanda? – quis saber meu pai.

– Alinha só mais um pouquinho com os vasos...

E exatamente como ela mandou, ele foi lá e fez.

Eu amo meus pais. Muito. Não somos uma família estilo anúncio de margarina, perfeita, com fotos bem-produzidas e nada naturais nas redes sociais, forçando aparência para inglês ver. Somos verdadeiramente felizes e unidos, apesar dos nossos defeitos e com todas as nossas imperfeições.

– Isabel está demorando demais. Daqui a pouco escurece.

– Calma, Gael! Ela mandou mensagem. Deve ter encontrado algum amigo na volta e está de papo. Já já aparece.

– Devia guardar o papo para mais tarde e vir arrumar a festa, você não acha?

Minha mãe riu. Eu, percebendo que papai estava nervoso, tratei de continuar ali, quietinha, na encolha, só observando as coisas.

Naquele limbo entre preocupação e irritação, meu pai entra em casa e, sem demora, volta carregando um *cooler* grande, com cara de estar bem pesado, possivelmente abarrotado de conteúdo não-alcoólico – conforme minha mãe deve ter liberado. Ele deixa o trambolho no bar da piscina e, então, se joga numa cadeira, exausto, com sua camisa polo (grudada em sua saliente barriguinha) e seus cabelos, bem lisos e levemente grisalhos, ambos molhados de suor.

– Bom, acho que era isso. Vê se tem que fazer mais alguma coisa, se você quer que mude algo...

Mamãe sorriu, se aproximou de papai, sentou-se em seu colo, jogando os braços em volta do pescoço dele.

– Não é que o senhor advogado estressado está se saindo um espetáculo na arte de receber, Dr. Gael?!?

– Aprendi com a mais linda e mais competente arquiteta e designer de interiores da cidade: uma tal de Fernanda. Conhece? Uma baixinha inteligente e esquentada, de cabelo *chanel* castanho escuro, dona de uma gargalhada viciante, que me faz o homem mais feliz do mundo... – brincou papai, com uma deliciosa e apaixonada ironia, deixando minha mãe envaidecida e encantada. Veio um beijo, depois outro, e um bom tempo abraçados.

Impressionante como eles se adoram, são super bem-casados. Discutem de vez em quando, é claro! Porém, acho que a única briga séria que tiveram até hoje foi quando meu pai, à revelia da minha mãe, chegou em casa com a Harley-Davidson dele. Ali o tempo fechou real. Achei até que ia dar divórcio. Foram umas duas ou três semanas me fazendo de pombo-correio, não dirigiam a palavra um ao outro. Nem nossos clássicos almoços de domingo no clube rolaram nesse período. Tenso! Até que um dia, do nada, da escada, flagrei os dois dançando ao som de Frank Sinatra, no meio da sala, com luz baixa, rolando o maior clima, rosas amarelas espalhadas pela casa (meu pai sabe como amansar a fera) e a paz voltou a reinar no lar dos Albuquerque de Carvalho, com a graça de Deus.

Enfim...

Por mais que eu não quisesse estragar o momento romântico do casal, era hora de entrar. A casa já estava linda e maravilhosa, mas eu também precisava ficar! Foi só eu bater o portão para, imediatamente, Brownie e Quindim começarem a latir, chamando atenção dos meus pais para a minha chegada.

– Até que enfim a senhorita resolveu dar o ar da graça. Já estávamos preocupados! – disse mamãe, dando um pulo do colo do meu pai, numa tentativa muito malsucedida de disfarçar a cena meiga que eu havia acabado de flagrar, como se fosse alguma novidade ver os dois naquele chamego.

– Mas, mãe, eu mandei mensagem avisando quando estava saindo da praia...

– E isso já tem quase duas horas! Você demorou uma eternidade para chegar. Se eu, que sou mais calma, já estava ficando aflita, imagina o seu pai?!

– Foi mal. É que eu vim com calma, a passos lentos. E estou aqui já faz um tempo. Fiquei ali no portão, quietinha, só de olho em vocês dois arrumando as coisas...

– Entendi. E nem para ajudar, né, bonitinha? – provocou minha mãe. – Pelo menos gostou dos arranjos? Vi na internet e resolvi copiar. Acho que deu certo, né?

– Total! Ficou o máximo, mãe – disse, aproveitando para dar um beijo estalado na bochecha dela.

– Oi, filhota! – me cumprimentou papai, totalmente relaxado, sem dar sinal de que, há menos de quinze minutos, estava achando que eu tinha sido sequestrada e que, logo logo, iam ligar mostrando foto do cativeiro e pedindo resgate. – Bel, a comida está aqui, a bebida lá na piscina... Já coloquei as caixas de som espalhadas, mas vocês podem organizar como quiserem.

– Obrigada, pai! – dei um abraço forte nele, que retribuiu com um carinhoso beijo no cocuruto da minha cabeça.

– Gente, cadê os cães? – estranhei, eles sempre tão barulhentos e efusivos, não estarem ali. – Brownie! Quindim! – chamei os dois a plenos pulmões, que logo responderam com latidos entusiasmados, na verdade, quase desesperados.

– Estão lá atrás, né, Bel?!? Se ficarem soltos aqui, agora, vão comer os cinco metros de pão antes dos convidados chegarem – esclareceu mamãe. – Mas quando eu subir, eles vão comigo.

– Se esses são seus planos, Nanda, vou dar uma volta com os dois antes deles irem lá para cima. Vou tratar de deixar os dois exaustos, para literalmente vencê-los pelo cansaço. Senão, vão fazer uma zorra noite adentro, por causa do barulho da festa.

Minha mãe achou excelente a ideia do meu pai, afinal o Brownie é um boxer que uiva e quase fala quando sabe que tem algo acontecendo e ele não está participando, enquanto o Quindim é um fox paulistinha agitado, que late até ficar rouco para conseguir o que quer – no caso de mais tarde, descer e xeretar de onde está vindo tamanha algazarra.

– Bom, para variar, vocês foram maravilhosos e fizeram tudo sem nem me esperar, então acho que vou subir para me arrumar

– disse, já me encaminhando para dentro de casa, momento em que fui subitamente interpelada pela minha mãe.

– Nem ouse pisar na sala cheia de areia desse jeito. Vai imundiçar a casa inteira! Chuveiro da piscina, mocinha.

– Mas, mãe...

– Gael, meu bem, antes de sair com os cachorros, por favor, pega shampoo, condicionador, sabonete e toalha lá dentro para nossa filhota praieira?! – pediu minha mãe, com um leve tom de zoeira, enquanto espalhava fios de luz pelas plantas do jardim, deixando tudo ainda mais lindo e caprichado.

Sou filha única. Se bem que minha mãe trata o Brownie e o Quindim como se fossem meus irmãos – pelo menos, acho que sou a preferida! Desde que me entendo por gente, escuto que não fui simplesmente planejada, fui muito desejada. E, de fato, eles me provam isso diariamente, de todas as maneiras possíveis e imagináveis. Vivem me dizendo que sou a menina mais linda, maravilhosa e inteligente da face da Terra. Vestem a minha camisa em qualquer situação. Não medem esforços para me proporcionar as melhores coisas dessa vida. Então, mesmo quando tomo esporro porque fiz alguma besteira, porque meu quarto está parecendo uma zona de guerra, ou quando escuto um efusivo NÃO, ainda assim, sei que sou absurdamente amada – o que não significa que eu aceite tudo calada, muito menos pacificamente. Pelo contrário.

Meu pai, então, chegou munido do meu kit de higiene, já com os cães à tiracolo – ambos fazendo o maior escarcéu.

– Obrigada, paizinho – disse, dentro da ducha da piscina, preparada para tomar banho de biquíni, ao melhor estilo BBB. Porém, meu pai resolveu competir com o barulho dos cachorros e, no meio daquela poluição sonora caótica, me deu um discreto sermão.

– Filha, liguei para o seu celular para buscar você na praia na volta do supermercado, mas estava desligado.

– Descarregou quando eu estava voltando para casa, pai.

– Tem que começar a levar sempre a bateria portátil que eu te dei, filha. Eu fico preocupado quando não consigo falar com você. Principalmente quando você se atrasa! O mundo anda muito perigoso. Não dividi tanto minha angústia com sua mãe, para ela não ficar histérica, mas já estava a ponto de pegar o carro e ir atrás de você.

– Pelo amor, pai. Eu mandei mensagem para a mamãe. Nossa! Você às vezes exagera.

– Em se tratando da sua segurança, minha filha, prefiro pecar por excesso de zelo SEMPRE! – disse, já sendo puxado como uma biga romana pelo Brownie e o Quindim, rumo ao portão.

Como deu para ver, às vezes esse amor todo chega até a sufocar. Sou superprotegida, principalmente pelo meu pai. Tenho que ligar quando chego nos lugares, além de mandar mensagem para minha mãe, de tempos em tempos, dizendo que está tudo bem. Se tem balada ou resenha, não posso ir embora depois de três da manhã, além do meu pai fazer questão de ir me buscar pessoalmente – enquanto todas as minhas amigas podem voltar para casa de carona ou de Uber, na hora que bem entenderem. É surreal! Fiz dezessete anos, já posso escolher até o Presidente do país, mas sou tratada como criança pelos meus pais. Parece que não confiam em mim, o que é bastante injusto, vale dizer. Nunca dei motivo para isso. Mas eles juram de pé junto que o problema não sou eu, é a violência urbana.

Saí do banho, me enrolei na toalha, catei as tralhas que estavam no chuveiro, quando minha mãe veio conversar comigo.

– Filha, não fica brava com a preocupação do seu pai. Ele estava se esforçando para disfarçar a tensão, mas eu conheço a figura. Isso tudo é porque ele ama demais você.

– Eu sei... E eu amo ele também, mãe. Muito! Mas, na boa, vocês precisam começar a confiar em mim e me dar um pouco mais de liberdade, poxa.

– Quando você tiver filhos...

– Já sei, Dona Fernanda, eu vou entender vocês! – completei a frase, interrompendo minha mãe, já com um riso no rosto e o coração mais leve.

– Vai lá se arrumar, meu amor. Por aqui, já está tudo praticamente pronto!

Eu fui. Antes, porém, dei um beijo e um abraço bem carinhoso na minha mãe. Como eu já disse, nem tudo por aqui é perfeito. Mas, se olhar direito, chega bem perto.

Capítulo III
Hora do Conrado

Na busca pelo *look* perfeito, coloquei o armário inteiro abaixo. Minha cama, toda engomada, com cara de novela das nove do Manoel Carlos, exalando cheiro de lavanda francesa que minha mãe adora e borrifa pela casa inteira, virou um verdadeiro pardieiro, com roupas espalhadas por todos os lados. Tinha coisa até no banheiro. Mas, convenhamos, faz parte, né? Que atire a primeira pedra quem nunca fez isso antes de uma festa importante.

Acabei optando por um vestido preto nada básico, de frente única e saia godê, que disfarça meus excessos, favorece meu quadril, acentua minha cintura e me deixa com um corpo bastante razoável. Olhos bem delineados, ainda mais marcantes e expressivos do que de costume – sim, eu amo os meus olhos! Castanhos, grandes e cheios de vida própria. Cabelo solto, liso escorrido, bem natural. Gargantilha preta, sapato Anabela... Gostei do que vi no espelho. Muito! Cá entre nós, não há nada que embeleze e dê mais confiança e poder a uma mulher do que estar se sentindo bonita e de bem com ela mesma. E era exatamente isso o que eu precisava esta noite!

Mal finalizei minha superprodução, meu celular começou a apitar. Era uma chamada de vídeo do Conrado, meu amigo muito querido, que está fazendo intercâmbio nos Estados Unidos. Só estranhei o horário (embora tenha vindo bem a calhar): já tem quase cinco meses que ele está lá e, desde então, todos os dias, faça chuva ou faça sol, nos falamos pontualmente às oito e meia daqui – e hoje ainda não são nem oito da noite e ele já está ligando.

– Oiê! Que bom que você me chamou aqui mais cedo hoje.

– Por quê? Vai pra *night*?

– Não, mas vai ter resenha aqui. Resolvi de última hora.

– Saudade das festinhas na sua casa...

Aproveitei para pedir a opinião dele.

– Seja sincero. Estou bonita? – perguntei, afastando o celular para ele poder me ver de corpo inteiro.

– Uau! Nossa Senhora, Isabel. Que gata!

Sorri, meio sem graça.

– Jura? De verdade? Estou pegável?

– Pegável, namorável, casável.

Caímos na gargalhada.

– Agora me conta, para que tudo isso? Ou melhor, para quem?

– Então... Lembra que eu te disse ontem que ia à praia hoje atrás do Manoel.

– Lembro. Patético, inclusive.

– Fui e ele ignorou minha existência.

– Ou seja, manda à merda e parte para outro.

– Exatamente o que eu fiz. Apareceu um amigo da Rafa lá, de Minas, o Chico. Gato toda a vida, simpático, na faculdade...

– Então o plano é pegar esse carinha hoje.

– Pior que não, quer dizer, não exatamente! Depois que eu inventei essa resenha aqui em casa, justamente por causa do Chico, ele foi embora e o Manoel veio atrás de mim. A gente acabou ficando na praia. E eu juro, hoje ele pagou paixão real.

– Que nem da outra vez. Depois sumiu.

– Mas dessa vez vai ser diferente. Ele vem aqui hoje também.

– Devo me preparar para você me contar amanhã que pegou os dois, é isso?

– Olha... Ruim não ia ser!

Mais uma vez, caímos na gargalhada.

– E você, como foi seu dia? – perguntei.

– Foi de boa. Chamei a Kate para sair comigo hoje. Vamos ao cinema.

– Kate? Essa não era, tipo, sua melhor amiga daí?

– Sim, a gente estava só na amizade porque ela nunca tinha dado condição de mais nada. Mas começou a rolar um clima e tal. Estou até a fim de chamar ela para ir ao *prom* comigo.

– Ah! Por isso que você ligou mais cedo, então. Agora eu entendi.

Não vou mentir, rolou uma certa raiva dessa garota insossa ter sido promovida à *date* do Conrado. Cara, além de gente boa e engraçado, ele é um gatinho. Meio gordinho, alto, cabelo preto espetado, mãos longas e fortes, rosto super bonito, mega charmoso e com cara de homem, sabe? Nada a ver com esses garotos imberbes e bobos que tem por aí. Merecia uma menina BEM mais interessante do que essa gringa desbotada. É, definitivamente, vou precisar de um tempo para digerir essa novidade intragável.

Graças a Deus, tocou o interfone. Salva pelo gongo (literalmente), pude enfim encerrar o assunto Kate.

– Tenho que ir, Conrado. Acho que chegou alguém.

– Vai lá. Amanhã a gente se fala. Saudade de você, Bebel. E juízo, hein?!

Rimos e, na sequência, desligamos.

Ato contínuo, meu pai bateu no meu quarto.

– Meu amor, a Rafa chegou.

– Estou indo! – disse, tentando disfarçar parte da bagunça que assolava minha cama.

Bastou eu abrir a porta para um sorriso despontar no rosto do meu pai. Sem uma palavra dita, os olhos embevecidos dele confirmaram a confiança que eu já estava sentindo. Definitivamente, eu não poderia estar mais pronta para enfrentar Manoel e Chico lá em casa, com toda a astúcia e plenitude que a situação iria exigir.

Trilha Sonora do Capítulo IV

1. As It Was – Harry Styles
2. Blank Space – Taylor Swift
3. Bizarre Love Triangle – New Order
4. Another Night – Real McCoy
5. Hot N Cold – Katy Perry
6. Please Please Please – Sabrina Carpenter
7. Secret Love Song– Little Mix (feat. Jason Derulo)
8. Favorite Crime – Olivia Rodrigo
9. A Little Respect – Erasure
10. He Could Be the One – Hannah Montana

Capítulo IV
Parte I: A pré-resenha

Descemos juntos, papai e eu. Enquanto ele foi resgatar Brownie e Quindim no pátio de trás, me juntei à minha mãe e à Rafa, que estavam no maior papo na varanda.

– Que isso, hein, mulher! – exclamou Rafa, assim que me viu.

– Tem algum gato novo no pedaço, é? – provocou minha mãe, sabendo que resenha de última hora com uma produção tão caprichada era sinal claro e evidente de que eu estava de olho em alguém.

– Um não, tia: dois!

– Rafaela! – repreendi a fofoqueira de plantão.

– Ué, mas eu estou mentindo?!? – respondeu ela, aos risos.

– E os dois vão vir hoje? – questionou meu pai, um pouco assustado, ao chegar na varanda, segurando com toda força a coleira do Brownie, que estava literalmente babando, de olho na mesa de comida.

– Aham! Mas está tudo sob controle, tio. Relaxa!

Rafa e sua boca de caçapa, colocando pilha errada e enchendo a cabeça do meu pai de caraminholas desnecessárias. Ele ficou bolado, fato. Estava escrito na cara dele.

– Gael, não pira. Vamos subir – intercedeu minha mãe. – Meninas, depois me contem como foi esse malabarismo de *crushes*. Quero saber tudo! – continuou ela, já com o Quindim no colo e pronta para recolher o resto da tropa, garantindo que nada atrapalhasse a festa.

– Se precisarem de ajuda com qualquer coisa, é só chamar. Avisa isso ao Gustavo também – completou papai, sendo içado pelo Brownie escada acima.

Agradeci, concordei, em seguida dei uma leve bronca na Rafa – que se desculpou, e fui atender o interfone que tinha acabado de tocar.

– Deve ser o Guga! – cantei a bola e acertei em cheio. Abri o portão para ele, que entrou meio nervoso, sem fazer barulho, com um olhar atento e desconfiado, típico de quem está prestes a fazer algo errado e não quer ser pego no pulo.

– E aí, a barra está limpa para eu trazer as bebidas? – sussurrou, precavido.

Dei uma olhada para confirmar que não tinha mais ninguém por perto.

– Tudo sob controle!

Camuflamos o cooler extraoficial que o Guga providenciou, abarrotado dos mais variados tipos de bebidas destiladas e fermentadas, atrás dos globos de luzes coloridas e de uma das caixas de som que meu pai tinha deixado no bar da piscina para a gente usar.

Com tudo no gatilho para a festa começar, resolvi escolher uma música no meu celular. No entanto, fui devidamente impedida, de maneira nada sutil, por aquele que se diz meu melhor amigo.

– Leva mal não, Belzinha. Deixa que eu e a Rafa escolhemos as *playlists*, porque ninguém merece essas músicas velhas que você gosta.

– Música boa é atemporal, seus malas. Mas, tanto faz também. Coloca aí o que vocês quiserem. Só evitem funks proibidões, senão meu pai desce e brota aqui no meio da resenha.

E assim, no ritmo de *As It Was*, do Harry Styles, demos início aos trabalhos.

– Agora é só rezar para não dar ruim – brincou Rafa.

Rimos os três – eu, de nervoso. Em seguida, como de costume, Guga não perdeu a oportunidade de colocar lenha na fogueira.

– Falando em dar ruim, Rafaela, cadê o Heitor? Esperando ansioso pelo nosso quarto encontro.

– Ele vem mais tarde, Sr. Fiscal de Namoro Alheio.

– Vamos apostar? – o Guga é desses, ele perde o amigo, mas não perde a piada.

– Vocês dois podem parar?!? – me meti.

– Parei! – disse Guga, risonho. – Vou até preparar uma bebida para selar a paz.

Até eu, que geralmente fico só no refrigerante zero, brindei com eles. Para acalmar os ânimos entre os dois, mas principalmente para aliviar a tensão que começava a tomar conta de mim.

Como meu pai vive dizendo, *alea jacta est*. Traduzindo: a sorte está lançada. Seja o que Deus quiser!

Capítulo IV

Parte II: A resenha, como tudo começou

Não demorou muito, o pessoal começou a chegar. Do nada, o gramado já estava tomado, o que não me impediu de ver quando Chico despontou no portão, lindo, super bem-vestido, com uma camisa de cambraia azul clara combinando com seus olhos e uma calça cargo *off-white*. Ele também me viu de longe. Acenou e veio em minha direção, fazendo várias meninas virarem o pescoço pelo caminho.

– E aí, moça? – disse, entre um beijo e outro em cada uma das minhas bochechas. – Que casa linda! Aliás, que anfitriã linda! – continuou ele, olhando bem nos meus olhos.

– Obrigada! Feliz que você veio, Chico – respondi, meio atordoada, com os joelhos bambeando, completamente extasiada com o jeito daquele mineirinho de me enfeitiçar.

– Imagina se eu ia perder...

Eu é que estava prestes a perder a cabeça. Veio um medo súbito de queimar largada e acabar enfiando os pés pelas mãos – comportamento bastante comum na minha vida, diga-se de passagem. Tinha muito em jogo ali, eu precisava ser cautelosa e saber mexer as peças com sabedoria e precisão. Por um lado, eu corria o risco de me afobar demais com o Chico e pôr tudo a perder. Por outro, eu não queria ser canalha com o Manoel, depois da tarde incrível que a gente teve.

Graças a Deus, o Guga logo apareceu, dando uma freada no ímpeto que essa ariana passional estava de fazer alguma cagada.

– E aí, moleque, beleza? O que você bebe?

– O que temos?

– Cerveja, vodka, gin...

– Vou aceitar uma breja gelada.

Eis que a talarica da Letícia se intromete.

– Eu também quero uma, Guguinha!

Enquanto a besta do Guga pegava as cervejas, todo derretido, só porque tinha sido chamado pela garota no diminutivo, a insuportável partiu com tudo para cima do Chico.

– Quem é você? A Bel não apresenta os amigos gatos dela para as amigas...

O pior é que o que falta de caráter na guria, sobra em beleza. Cabelo loiro, liso, até a cintura, olhos esverdeados, dentes brancos todos alinhados (e não, não é espelho. Ali só teve mesmo aparelho). Com um corpo perfeito, voz doce e porte da realeza inglesa, está sempre impecavelmente vestida, que nem uma princesa – no caso, ela estava com um tubinho que parecia embalado a vácuo, mas que, nela, sequer ficava vulgar ou ousado, mesmo com aquele salto de plataforma mega alto. Adora se gabar dos livros que já leu, decora poesias, joga vôlei e corre na praia todos os dias, posta foto na missa todo domingo, nas redes sociais dela está tudo sempre lindo. Perto dos pais, ela posa de pura, santa e casta, mas se a gente escrevesse o nome de todo mundo que essa dama já sacaneou e/ou furou o olho, nossa, a lista ia ser vasta!

No meio desse cenário patético, com a messalina parecendo um polvo, cheia de garras em cima do Chico, avistei Manoel perto da entrada, junto com os amigos. Interpelei o Guga, quando ele ia levando as bebidas para a dupla, que mais um pouco ia acabar virando casal.

– Socorro, Gustavo! O Manoel está aí, a talarica está atacando o Chico e a Rafa está sumida. Você trate de controlar sua convidada oferecida, enquanto eu vou lá falar com ele.

– Fica tranquila, Belzinha. Vou marcar território com a Letícia, aí o Chico nem pensa no assunto.

– Faz o que você quiser, faz o que tiver que fazer, mas resolve.

Eu sei que estou sendo egoísta e gananciosa, mas o Manoel é uma delícia e o Chico, um verdadeiro espetáculo. Ah, gente! Se eu não fizer esse tipo de coisa com dezessete anos, vou fazer quando, né? Meti para dentro uma vodka com suco de laranja, dei uma olhada no espelho da varanda para me lembrar de que hoje estou em um dia de rara beleza e, então, fui receber o Manoel, como a boa *hostess* que mamãe me ensinou a ser.

Guiada pelo sorriso de xênon que se abriu no rosto de Manoel assim que me viu, cheguei perto dele e fui logo jogando meus braços em volta de seu pescoço, mostrando que eu estava disposta a continuar exatamente de onde tínhamos parado mais cedo.

– Que bom que você veio! – disse, derretida.

Confesso, estava esperando ao menos um selinho. Mas, com Manoel, parece que vivo em um eterno meme de expectativa *versus* realidade: recebi um beijo chocho na bochecha, seguido de dois passos para trás... Nitidamente ele quis sair do meu abraço.

– E eu ia perder uma festinha mara dessa? Nunca! – disse, já a uma distância segura de qualquer investida minha.

Sorri – para não chorar. Cumprimentei o Thiago e o Bena, que estavam com ele, tentando me enturmar. Mas os três voltaram a conversar entre eles, como se eu não estivesse ali.

Saí de perto, segurando as lágrimas, frustrada. Me senti deslocada dentro da minha própria casa. Onde tinha ido parar aquele cara incrível que estava comigo na praia, me fazendo sentir a pessoa mais especial e querida do mundo? Notei, então, uma mão segurando a minha, bem forte. Era o Guga.

– Eu te proíbo de estragar sua festa por causa daquele imbecil. Você ouviu?

– Você viu o que aconteceu?

– De longe, por alto. E quer que eu seja totalmente sincero com você?

– Por favor.

– Não sei como essas atitudes do Manoel ainda te surpreendem. Vocês ficam, ele não liga depois. Hoje, mais cedo, ele cagou solenemente na sua cabeça.

– Mas depois veio atrás de mim e foi o mais fofo do mundo.

– Ou seja, Bel: ele faz o que quer, quando ele quer. E você fica à disposição dele, criando fantasias na sua cabeça, esperando que isso vire algo a mais.

– Igual a você com a Letícia.

– Não! Eu sei exatamente o que esperar dela. Não me iludo. Ela é a pessoa errada com quem eu quero me divertir enquanto não aparece a pessoa certa.

Rimos juntos e eu, de certa forma, retomei minhas forças.

– Vamos deixar esses dois de lado e aproveitar a noite! – disse, decidida. Fiquei de frente para o Guga e enchi ele de perguntas: – Estou bem? Maquiagem está boa? Estou inteira?

– Sem caô. Você é a garota mais linda da resenha.

Tem como ficar triste com um amigo desses? Me arrancou um sorriso largo, ganhou um beijo estalado (na bochecha, é claro) e me fez sentir bem de novo. Aliás, essa é e sempre foi a especialidade dele.

Capítulo IV

Parte III: O meio da resenha. Ou, o começo do fim

Enquanto o barman oficial da resenha, mais conhecido como Gustavo Neves, vulgo Guga, misturava outro litro de vodka com suco de laranja, comecei a procurar o Chico com os olhos. O mineiro-baiano mais lindo desse mundo estava seguro, junto com a Rafa, mas obviamente cercado de várias curiosas da nossa sala.

– Vem cá, amiga! A Aninha está distribuindo os convites do aniversário dela – gritou Rafa, nítida e estranhamente embriagada, assim que me viu pelas redondezas. Tratei de ir logo pegar o meu e, aproveitando o ensejo, me reaproximar do Chico.

– Olha, Bel, até eu fui convidado! – comemorou o mineirinho, mostrando o envelope que havia recebido.

– E já confirmou que vai! – completou uma sorridente Aninha, claramente satisfeita, com uma cara de safada, platonicamente mal-intencionada, típica dela. Em tempo: nunca fomos melhores amigas, mas sempre gostamos para caramba uma da outra. Ela é engraçada, espontânea, amiga de todo mundo, super gente boa. Acho que o fato dela ser próxima da Letícia – apesar de já terem saído no braço por causa de um moleque chamado Henrique –, é o que impede a gente de andar mais juntas.

Enfim, a verdade é que o Rio de Janeiro inteiro vai nos dezoito da Aninha! Vai ser um festão no Copacabana Palace. Ela vem falando de cada detalhe há mais de um ano. O vestido dela veio de Paris, o bolo tem não sei quantos andares, vai ter show, DJ, escola de samba. Homens sem terno e gravata não entram.

Convite impresso – gente, isso é *vintage* demais, coisa das antigas, do tempo dos meus pais. Tudo do bom e do melhor. Finalmente, agora só faltam duas semanas para o grande dia.

Guga chega com uma garrafa na mão, enchendo o copo da galera.

– Que envelopes são esses? – questionou, curioso.

– Convites do meu aniversário! – respondeu Aninha.

– E não tem para mim, não?

– Claro que tem, seu bobo. Mas só entrego se você der meu presente adiantado.

– Qual? Diz aí.

– Para de correr atrás da Letícia por um dia e foca um pouco em mim.

Aninha é dessas, na lata. Não é de hoje, ela arrasta um caminhão inteiro pelo Guga. E conseguiu o que queria, porque o Guga também é desses. Chamado na chincha, ele entregou a garrafa na mão do Chico, deu um beijão na Aninha e puxou ela para um lugar menos povoado no jardim. Como eu já disse, o colégio inteiro é encantado pelo Guga. Só a talarica da Letícia que trata ele feito lixo.

– É, gente, fomos abandonados aqui... – comentou Rafa, com a voz ainda mais arrastada do que antes, apontando para ela, Chico e eu.

– Mas pelo menos ficamos com essa garrafa de *gummy* que o Guga deixou para trás – respondeu Chico, já enchendo meu copo e indo em direção à Rafa, que esticou o braço com o dela, querendo refil. Porém, achei melhor impedir.

– Amiga, antes de beber mais, toma um refrigerante ou come alguma coisa. Você já está meio que enrolando a língua e isso não combina com você.

– Diz aí o que você quer, Rafinha, que eu vou lá pegar – se ofereceu Chico.

– Eu não quero nada! – respondeu ela, sem conseguir mais conter as lágrimas que começaram a cair, como aqueles torós de verão que chegam com força total, do nada, alagando tudo e com enorme potencial para causar estragos. Para piorar a situação, ela ainda puxou a garrafa da mão do Chico e deu um gole de, pelo menos, meio litro.

Vendo que o clima estava tenso, Chico tratou de mudar a posição do banco que estávamos sentados. Ficamos de costas para o resto da galera. Com isso, a privacidade da Rafa estava preservada, evitando que ela virasse assunto dos enxeridos que estavam circulando, munidos de seus possantes *smartphones*. Esse menino é muito *gentleman*, gente. Passo mal! Ele realmente é de largar família em noite de Natal.

– Rafa, o que está acontecendo? – perguntei.

– O Heitor, amiga.

– Quem é Heitor? – questionou Chico.

– Meu namorado. Ou ex, sei lá.

– Vocês brigaram?

– O Guga tem razão, amiga. Quase um ano e meio juntos e ele não me acompanha em nada. Esse tempo todo, e eu só conheço um amigo dele. UM! E conheci por acaso, tá? O cara estava na casa de alguém lá do meu prédio e a gente se esbarrou na portaria. E o Heitor ainda me apresentou pelo nome, sem dizer que eu era namorada dele. – Rafa pegou fôlego, antes de continuar seu desabafo, em meio a um choro copioso e incessante. – Não conheço NINGUÉM da família dele. Nossos programas são em lugares completamente alternativos, quase escondidos, tipo cinema no Via Parque, terça-feira à noite. Parece até que ele é casado, Bel.

– Uai, isso não é normal, não! – pontuou Chico, enquanto eu fazia carinho no braço da Rafa, tentando acalmá-la, em vão.

– Vocês querem saber a verdade? Ele tem vergonha de mim porque eu sou negra.

– Como assim? Isso é muito sério, amiga. Não é possível.

– Se esse trem for para valer, esse cara é criminoso, Rafaela! – afirmou Chico, com a veemência de um futuro e brilhante advogado.

– Isso já tinha passado pela minha cabeça, vez ou outra. Mas ele é tão querido quando está sozinho comigo, tão carinhoso, me fala coisas tão especiais, que eu esquecia o assunto, achava que era nóia minha, sabe?

– E o que mudou agora? – quis saber, ainda chocada.

– Hoje liguei para chamar o Heitor para cá. Ele estava bebendo com dois caras do futebol, então disse que apareceria mais tarde. Aí, depois que o Guga começou a me zoar, duvidando que ele viria, eu liguei de novo. Disse que os três estavam convidados, para eles chegarem logo. Ele disse que ia ver e me ligava. Só que não desligou o telefone direito e eu acabei ouvindo o panaca dizer para os amigos, em alto e bom som, com todas as letras, que eu estava levando muito a sério essa parada da gente, que eu forçava a barra, que eu sou gata, gostosa, mas é só curtição. Que ele nunca ia poder apresentar uma negra para os pais como namorada, senão ele ia ser expulso de casa e deserdado.

– Eu estou completamente chocada! Não sei nem o que dizer, amiga. Por isso que você sumiu uma hora, então?

– Sim, fui lá para os fundos tentar digerir tudo isso, sozinha, longe de barulho e confusão.

– Você pode denunciar esse imbecil. Você sabe disso, né? – enfatizou Chico.

– Na boa, ele não merece que eu perca mais meu tempo com ele nem para isso. Só quero distância. Mas dói. Dói muito. Dói para cacete.

Só me restou abraçar minha amiga e enchê-la de amor, enquanto ela chorava de soluçar deitada no meu ombro. Chico segurou firme a mão dela, reforçando que ela não estava e não ia ficar só, que estávamos ali por ela.

No meio desse frege, Guga vem correndo na minha direção, bem afobado.

– Bel, vem cá!

Apontei para a Rafa, mostrando que, naquele momento, era impossível eu ir a qualquer lugar. Mas ele insistiu, com um semblante preocupantemente sério.

– É importante! A gente já volta para ajudar a Rafa.

Puxada por Guga, lá fui eu. Ele não me deu opção. E, de fato, era importante: o Manoel estava pegando a Letícia. Perto da ducha da piscina. Quando vi aquela cena dantesca, ironicamente embalada por *A Little Respect*, do Erasure, perdi o ar. Isso era baixo demais até para ele. Na verdade, até para ela. Afinal, eles estão na MINHA CASA!

– Vaca, filha de uma puta! – esbravejei.

– Mau caráter, egoísta de merda! – continuou Guga.

– Se merecem! – falamos em coro, com tamanha sincronicidade, que até nos arrancou risos, apesar do caos.

Dessa vez, era eu que não estava conseguindo segurar o choro.

– Guguinha, eu quero que todo mundo vá embora. Essa festa já deu. Esconde a bebida, enquanto eu desligo o som. Se precisar, eu encaro o sermão depois, mas chamo meu pai para ajudar nessa missão.

– Deixa comigo. Vai lá ficar com a Rafa e o Chico. Vou me livrar de todo mundo e já encontro vocês.

Capítulo IV

Parte IV: O fim da resenha. Ou, o recomeço.

De repente, o gramado todo esvaziou e restamos só nós quatro: Guga, Rafa, Chico e eu. Todos "altos", rindo à toa de tudo, mais leves a essa altura, sem choro, sentados na borda da piscina, com os pés na água gelada, no maior papo, desabafando e nos divertindo com pouco – o que vale muito!

– Aí, Guga, eu sei que você falava do Heitor para implicar comigo, mas no fundo você também queria abrir meus olhos de que tinha alguma coisa errada no meu relacionamento... Pode confessar.

– Eu ia na brincadeira para ficar mais de boa. Agora, era MUITO esquisito tudo no comportamento desse cara. Mas, porra, ele ser racista, por essa eu não esperava.

– Nem eu! – concordei. – Para mim, ele era só meio babaquinha machista, quando reclamava do seu jeito "simpático demais" com seus amigos. Mas eu achava que era ciúme.

– No fundo, era o que eu achava também, amiga. Que ele só era exageradamente ciumento, com uma leve pitada de machismo estrutural.

– O que já seria uma boa bosta, né? Mas... Sempre dá para piorar – concluiu Guga.

– Pô, Rafinha, um dia meu vô disse uma coisa lá na fazenda que serve muito para você agora: a verdade liberta a gente. Você está livre desse traste!

– É isso, Chico! Nada como a sabedoria dos nossos ancestrais. Querem saber? Já estou pronta para outra. PRÓXIMO! – brincou Rafa, arrancando risos do quarteto.

– O Heitor foi tão baixo, que a gente nem perdeu tempo falando mal do Manoel e da Letícia. Vocês perceberam isso? – comentei, inspirando Guga a trazer verdades duras, porém absolutas, para a pauta da nossa conversa.

– Sabe qual é a diferença? O Heitor era uma incógnita, a gente não sabia se ele era a maravilha que a Rafa achava ou o verme que eu já desconfiava. Já do Manoel e da Letícia a gente não esperava grandes coisas, mesmo. Pelo contrário! Na verdade, qualquer coisa meia boca positiva que eles fizessem, a gente estava no lucro. Então, uma merda a mais, uma merda a menos, é só uma nova vacilada para entrar na coleção.

– Bem isso. Bom que agora, para mim, Manoel é definitivamente página virada.

Dessa vez, foi Chico que se inspirou com meu comentário.

– Opa! Deixa eu aproveitar esse desapego e pedir uma coisa, então. Me dá seu telefone, moça?

– Óbvio! – respondi, faceira. Sem perder tempo, Chico me entregou o celular dele e eu, também sem perder tempo, tratei de salvar meu contato. Mal devolvi o telefone para ele, chegou uma notificação para mim.

– Pronto! Agora você tem o meu número também.

Eis que a Rafa levanta e, indiscutivelmente movida pelos efeitos do álcool, começa a rir muito alto e solta a seguinte pérola:

– Chico, não pede para eu explicar, porque eu não vou. Mas o fato é: o objetivo inicial dessa resenha acaba de ser alcançado.

Queria me esconder atrás dos arbustos de tanta vergonha, mas a Rafa tinha sido certeira. Até tentei fingir costume, fazer cara de paisagem, como se não estivesse entendendo nada, mas não deu para segurar a gargalhada quando a ficha do Guga finalmente caiu sobre o que ela tinha dito e começou a rir horrores, a ponto de sair pelo nariz todo o refrigerante que ele tinha na boca.

– Caraca, Rafa, pode crer! Deu certo real. Bora comemorar? Todo mundo para a piscina, já!

– Alguém pode me explicar o que se passa? Quero rir também! – pediu, sem sucesso, um curioso Chico, que mesmo sem saber o motivo, acabou às gargalhadas em meio àquela crise de riso coletiva. Sem insistir em respostas, ele aceitou o desafio proposto por Guga.

Levantamos, demos as mãos e, de roupa mesmo, juntos, mergulhamos – ignorando por completo a hora avançada e a temperatura titaniquiana da água. Estávamos alegres, lavando a alma, depois daquela noite tão agitada.

Trilha Sonora dos Capítulos V, VI e VII

1. Good Morning Starshine – Oliver
2. Better Together – Jack Johnson
3. Just The Way You Are – Glee Cast
4. Take a Bow – Rihanna
5. Amor e Sexo – Rita Lee e Roberto de Carvalho
6. The Way I Loved You – Taylor Swift
7. Talking to the Moon – Bruno Mars
8. Jar of Hearts – Christina Perri
9. We're All In This Together – High School Musical Cast
10. Trem-Bala – Ana Vilela

Capítulo V
A manhã seguinte

Eu estava dormindo o sono dos justos, quando ouvi o portão bater e os cachorros latirem. Não precisei nem olhar pela janela para saber que era meu pai chegando da padaria. O cheiro de pão quente estava literalmente invadindo todos os cômodos, irresistível. Se fosse um desenho animado, eu já estaria levitando pela casa, levada pelo meu olfato aguçado – e pela minha fome de elefante desnutrido, em direção àquele odor clássico das manhãs de domingo.

Fui ver que horas eram no meu celular e me deparei com uma mensagem do Chico: *Bom dia! Só queria agradecer por ontem e dizer que foi bom demais da conta conhecer você.*

Afoita, tão logo visualizei a mensagem, já respondi: *Também adorei conhecer você, adorei que você veio, adorei que você ficou até o final...*

Graças a Deus, somos dois ansiosos! Chico não disfarçou, não fez joguinhos, não deu uma de Manoel, e replicou de cara: *E eu lá ia perder o melhor da festa? Olha, essa semana estou lascado. Provas na faculdade, começando um estágio. Mas quero te ver. Vamos tentar encontrar no final de semana?*

Eu: *Também estou bem ferrada. Minhas provas começam nessa quarta e vão até a outra quinta. Provavelmente, no final de semana vou ter que dar uma estudada. Mas a gente dá um jeito.*

Chico: *Nem que a gente saia para comer alguma coisa rapidinho.*

Eu: *Ou, então, de repente, você vem assistir um filme aqui em casa.*

Chico: *Combinado! Vamos nos falando esses dias. Aí, mais perto, a gente marca.*

Felicidade é uma coisa muito doida, né? Não são nem nove horas da manhã de domingo, fui dormir quase de dia, com o sol saindo, depois de limpar o jardim inteiro pós-festa com o Guga e a Rafa, ainda tive que guardar minhas roupas no armário para conseguir espaço para deitar na cama e cá estou eu, acordada, de bom humor, leve, sem ressaca, talvez um pouco mareada, mas com um sorriso persistente, que não sai do meu rosto por nada.

Para melhorar esse cenário perfeito, bastou eu abrir a cortina do quarto para perceber que o dia está tão radiante quanto eu. Cantarolando, escovei meus dentes, lavei meu rosto, penteei o cabelo, tudo bem lentamente, fazendo hora para mandar mensagem para a Rafa e o Guga. Está muito cedo ainda para isso, né? Que horas são em Richmond? Acho que vou acordar o Conrado. Se bem que lá é mais cedo ainda. Sacanagem com o moleque, ele vai ficar irado. Cara, dane-se, não estou conseguindo controlar minha animação, vou mandar mensagem para eles assim mesmo:

Eu só queria contar para o mundo inteiro que, ontem, fui à praia (que eu odeio), correr atrás de um Zé Mané que teve DOZE dias para me ligar, depois me ignorou e me jogou para escanteio, mas hoje eu acordei com a mensagem do mais novo e mais lindo morador do Rio de Janeiro, querendo encontrar tempo para estar comigo em uma semana super atribulada, apesar de, além de muita paquera, ainda não ter rolado absolutamente nada.

No grupo que tenho com o Guga e a Rafa, os dois não demoraram a aparecer.

Guga: *Puta que pariu, Isabel! Nem rolou nada e você já virou Carlos Drummond de Andrade? Imagina depois que pegar o cara? Ninguém vai te aguentar. Vai dormir!*

Rafa: *Aproveita esse sentimento, amiga. É tão bom! Agora eu vou é seguir o sábio conselho do Guga e dormir mais um pouco. Acabei de bloquear o Heitor... Mais de vinte ligações não atendidas do sujeito.*

Ao contrário da minha dupla dinâmica preferida, Conrado nem tinha recebido minha mensagem no privado ainda. Fiquei encucada de só ter o tracinho de enviado. Se bem que ele deve estar dormindo... Será que acabou a bateria do celular dele? Vai ver está desligado. Que estranho! Ele sempre fica conectado. Bom, depois eu descubro o que houve. Meus pensamentos pararam de ir longe, quando ouvi uma batida na porta.

– Entra, estou acordada! – Era meu pai.

– Já de pé?! Vi que a festa varou a madrugada.

– Foi um sucesso, paizinho! Mas podia ter sido um desastre. No nosso almoço hoje, eu conto os detalhes.

– Enquanto isso, não quer tomar café comigo? Trouxe pão quente, presunto fatiado bem fino e aquele queijo minas que você adora.

Impossível resistir a uma proposta tão divinamente tentadora. Com o sorriso reestabelecido no meu rosto, enfiei um chinelo no pé e saí do quarto abraçada com meu pai, pronta para matar quem estava me matando: a fome.

Capítulo VI
Quase uma clássica tarde de domingo

Das melhores coisas que o papai instituiu na nossa rotina foram os almoços de domingo no clube. Isso rola desde que eu tenho uns cinco, seis anos, mais ou menos. E eu sempre amei. Quando era menor, eu já me amarrava no pré-almoço, quando me sentava na pia do banheiro e ficava babando, vendo minha mãe se maquiar. Sim, nos arrumamos formalmente para nosso compromisso semanal familiar. Faz parte do pacote.

Às vezes atrapalha alguma programação que aparece? Sim, com certeza. Mas eu não abro mão daquelas horinhas preciosas, só nós três, falando da nossa vida, fazendo planos, comemorando conquistas, dividindo preocupações e, juntos, buscando soluções para tudo que está deixando qualquer um de nós abatido ou ansioso. Juro, acho que são esses almoços que fazem nossa liga ser tão forte e nossa família tão feliz.

Hoje não foi diferente.

Quando chegamos, o clube estava bem cheio – como em todos os finais de semana ensolarados, vale dizer. Encontrei alguns amigos por lá, assisti a uma partida de tênis, enquanto meus pais falavam com meio Rio de Janeiro, até que, enfim, a gente conseguiu ir para a nossa mesa de sempre, no canto da varanda.

Contei por alto os acontecimentos da festa de ontem – omitindo, é claro, os detalhes que eles não precisavam saber. Minha mãe já ama o Chico, meu pai chamou o Manoel de moleque (saibam, essa é a ofensa mor que ele pode fazer a alguém – foi esse adjetivo, inclusive, que ele também usou para se referir ao Heitor, depois de saber o que a Rafa tinha ouvido. Para o meu pai, em suma, moleque é todo ser que se equipara a um excremento humano desprezível). Lembrei eles da festa da Aninha, aproveitei para pedir um vestido novo. E, por fim, meus pais falaram de trabalho, de projetos, de clientes, das minhas provas, de planos de viagens. Ou seja: fofocas entre os Albuquerque de Carvalho devidamente atualizadas!

Para vocês verem como esses almoços são uma benção e geram resultados efetivos, assim que entramos no carro para ir embora, meu pai perguntou:

– Qual shopping você quer ir para comprar a tal roupa para a festa da Ana, filha? Leblon? Village Mall?

Incrivelmente, eu declinei. Embora tenha ficado bastante animada de saber que meu pleito tinha sido acatado.

– Ai, pai, sinceramente, quero ir para casa. Estou exausta! Vou com a mamãe amanhã, depois da aula.

– Tem certeza de que não quer ir ver logo o vestido, Bel? Amanhã não vou poder ficar muito tempo em função disso, porque tenho que entregar um projeto – ponderou minha mãe.

– A gente vai rapidinho, mãe. Também combinei da Rafa estudar lá em casa. É que, hoje, além de eu estar só o pó da rabiola, comi tanto que, no momento, só consigo comprar roupas em lojas de grávidas – disse, enquanto desabotoava o botão da calça.

– Minha *drama queen*! – brincou mamãe, arrancando risos do meu pai.

– É sério! Mas a partir de amanhã, até o dia da festa, vou fazer fotossíntese de sopa verde!

– Seu problema é esse, você vai do oito ao oitenta. Não consegue nunca ficar em um meio termo saudável.

O pior é que minha mãe está certa. Ou eu como tudo que vejo pela frente, ou estou fazendo algo completamente radical para perder muito em pouco tempo – e como em geral dá certo, eu sigo insistindo nesse padrão.

Sem falar que toda vez que decido fazer dieta, na véspera, eu me despeço com uma certa dose de exagero. Hoje, depois de me entupir de pão o café da manhã inteiro, cheguei no clube e pedi meu prato preferido: filé Rossini com batata *noisette*. Não bastasse, ainda tracei um sorvete de chocolate com *marshmallow* de sobremesa, com direito a umas bicadas no profiteroles do papai. Ah! Sem esquecer dos *palmiers* que vieram com o cafezinho da minha mãe. Importante ressaltar, estava tudo divino, valeu cada caloria ingerida e até as gordurinhas acumuladas.

– Eu não entendo passar fome por causa de uma festa.

– Por causa de uma festa, não, né Gael?!? Não seja ingênuo. Por causa do tal do Chico, que vai estar na festa. Toda mulher já passou por isso em algum momento na vida – declarou minha mãe, com a propriedade de quem efetivamente tem conhecimento de causa.

– Sinto informar que homem não repara se a mulher está com dois quilos a mais ou a menos. Quem repara isso são as outras mulheres.

– No caso, pai, com essa dieta da sopa, dá para eu perder quase uns dez quilos até lá. Aí, faz TODA diferença.

– Oi?!? De onde vão sair esses dez quilos, Isabel?

– De tudo quanto é lugar, pai! Minhas bochechas vão sumir, meu nariz vai aparecer, meus *olhos* vão ficar enormes, a papada vai embora, minhas saboneteiras vão saltar, meus braços vão ficar menos roliços e mais definidos, minha cintura vai afinar, a barriga vai ficar murcha. Mas, principalmente, vai sair um monte de quilos da minha bunda e da minha coxa, que eu odeio e a mamãe ama!

– Ser "*faux maigre*" é lindo, meu amor! Muito melhor do que ter esses dois gambitos, que mais parecem pilotis de prédios antigos de tão finos – se queixou minha mãe.

– Mulher é um ser muito complexo, mesmo. Ainda bem que eu nasci homem! Dois expoentes da beleza feminina ao meu lado, ambas se autocriticando e apontando defeitos que simplesmente não existem. Sabem de quem é a culpa disso, né?

– De quem? – perguntei, curiosa.

– Da arquiteta lá de casa. Pelo visto não colocou espelhos suficientes para as moradoras apreciarem todos os seus incontáveis predicados e atributos. – Meu pai ama essas ironias, principalmente quando é para mexer com a mamãe, mais conhecida como "a arquiteta lá de casa".

Merecidamente, meu pai ganhou um beijo da minha mãe e um abraço apertado meu no pescoço (quase um mata-leão), direto do banco de trás do carro. Nesse exato instante, do nada, começa um barulho agudo, muito estranho.

– Que isso? – perguntou minha mãe.

– É o carro reclamando desse papo chato de vocês.

– Sério, Gael. Tem que ver que barulho é esse.

– Está na hora de fazer revisão. Vou marcar. Mas amanhã, por precaução, depois de deixar a Bel na escola, vou passar na oficina do Ramiro para ele dar uma olhada.

Graças a Deus, chegamos bem. E, verdade seja dita, o barulho, da mesma forma que veio, foi embora. Como de praxe, saltei para abrir o portão e segurar o Brownie e o Quindim até meu pai entrar com o carro. Porém, qual não foi minha surpresa quando me deparei com Manoel, todo cabisbaixo, sentado no meio-fio da calçada em frente à minha casa. Confesso, por essa, eu não esperava.

Discretamente, fechei o botão da calça (que mico!), esperei meu pai estacionar, soltei os cães, fechei o portão e, depois de uma suspirada profunda, fui encarar a situação. Quando Manoel me viu indo até ele, logo se levantou e fez a coisa que mais me desconcerta no mundo: abriu um sorriso solar, de orelha a orelha, com mais capacidade energética que muita usina hidrelétrica por aí.

Isabel, não me decepcione – falei em pensamento comigo mesma. Ele ficou com a Letícia ontem, na sua casa, depois de ter passado a tarde no maior *love* com você na praia. Manda ele à merda, entra em casa, vai pensar no Chico, liga para o Conrado, come um pacote de Cheetos, se joga no chuveiro gelado, vai ouvir suas músicas do século passado. Só não caia em tentação, não se exponha ao perigo, nem ao ridículo de novo. Ignora o que você está sentindo e dê um jeito de disfarçar as placas vermelhas espalhadas pelo seu corpo que estão surgindo e ficando cada vez mais quentes, à medida que a distância entre vocês vai diminuindo.

Com o trabalho mental bem-feito, consegui não sucumbir ao sorriso do Manoel e me mantive séria, firme.

– O que você está fazendo aqui?

– Eu precisava falar com você.

– E precisava vir até aqui para isso?

– Eu não tenho seu celular. E a Rafa, eu sabia que não ia me dar.

– Cara, nem meu celular você tem. É sério? – fiquei com ódio real.

– Você nunca me deu! – se defendeu ele.

– Você nunca pediu! – retruquei. – Mas, sinceramente, não importa mais. Vai, fala logo o que você quer.

– Eu precisava te pedir desculpas.

– Pelo quê exatamente? Você fez tantas comigo, que eu já nem sei o motivo específico de você querer se desculpar.

– Por tudo. Eu sei que a gente ficou e eu sumi. Eu sou meio assim mesmo, sabe?

– Podia ter ligado, fingido que tinha gostado, que se importava. Sei lá! Depois sumia. Agora, aparecer aqui para conversar depois de ontem, no décimo terceiro dia?! Ah! Pelo amor de Deus, né?! É muita cara de pau!

– Mas eu gostei, Bel. Muito! De verdade. E eu me importo também. Tanto que, mesmo atrasado – desculpa, eu sou meio lesado –,eu estou aqui agora. Não é porque eu não te liguei exatamente no tempo que você queria, que eu não ligo para você. Juro.

– E aquela cena patética na praia? Me cumprimentar de longe, como se eu fosse uma estranha qualquer.

– Antes de ter coragem de ir falar com você, precisei tomar umas cervejas com os caras. Eu sou tímido para caramba e mega inseguro. Eu não fazia ideia se você tinha gostado de ficar comigo, ou não.

– Sei... Conta outra, Manoel.

– Não estou mentindo. Como eu ia saber? Acho que sumi por isso também, inclusive. Eu tinha me amarrado, me envolvi mais do que eu gostaria e não sabia se você estava na mesma *vibe*.

– E qual a desculpa para ontem? Chegou aqui e me ignorou, como se nada tivesse acontecido na praia.

– Já te disse, eu preciso estar calibrado para agir. Só pego no tranco. E acabo passando por babaca, porque me falta coragem de ser espontâneo.

– Beleza. E a Letícia? Pegar ela na minha frente, na minha casa, depois de ter ficado comigo à tarde? Isso não é coisa de quem se importa. Foi podre grau máximo. Subterrâneo!

– Foi mesmo, você tem toda razão. Por favor, Bel, me desculpa. – Manoel fica em silêncio, triste, então respira e continua: – Não vou dizer que ela forçou uma barra, porque eu podia ter simplesmente dito não. Ela veio para cima, eu evitei, mas realmente acabei cedendo. Mas foram uns dois beijos meio atrapalhados e mais nada. Eu realmente não queria, tanto que eu fui embora totalmente atordoado. Me senti muito mal.

– Tadinho, que dó!

– Bel, você pode não acreditar, mas por mais que eu não faça o tipo que namora, se tem uma pessoa que eu realmente gosto de estar é com você. Me faz bem demais.

– Então você é sádico. Porque você não procura e ainda sacaneia quem te faz bem...

Foi eu falar isso, para o Manoel se aproximar de mim. É impressionante as reações químicas internas que esse menino me causa. Antes que eu fraquejasse, cheguei logo para trás.

– Manoel, eu vou entrar. Obrigada por ter vindo se desculpar. Acho, inclusive, que eu precisava dessa conversa. Mas agora eu tenho que processar tudo isso.

Demos um abraço morno – era para ser frio, eu sei, mas perto do Manoel, a coisa sempre esquenta além da conta. Não consigo controlar. Ao menos, mantive minha rispidez e uma distância segura.

– Obrigada por me ouvir.

Sorri sem ênfase e tratei de ir na direção de casa.

– Bel! – Manoel gritou. Me virei.

– Fala.

– Me dá seu celular? – e não dá nem para descrever a marotice da cara dele ao me pedir isso. Tentei impedir, mas dessa vez deixei um sorriso bem largo sair.

– Ai, Manoel. Anota aí, vai...

Ninguém é de ferro, muito menos eu.

Capítulo VII

Estresse, cachorro-quente e gratidão

Não bastasse toda comilança do dia, meu pai decidiu fazer cachorro-quente para o jantar. Inicialmente dei uma chiada, mas como hoje é despedida pré-dieta e, além de tudo, meu humor não está dos melhores, resolvi abstrair e terminar de chutar o balde sem culpa.

Enquanto papai lida com a parte de cozinha, mamãe e eu arrumamos a mesa da varanda. Toalha tipo de piquenique, em xadrez vermelho e branco, pratos empilhados, uma cesta de pães de leite no centro, além de todos os acompanhamentos possíveis e imaginários, fazendo inveja aos melhores "podrões" da cidade.

– Seremos cinco, certo? – perguntou minha mãe, pegando copos no bar da piscina.

– Isso! Papai, você, eu, Gustavo e Rafaela.

– Por que você não chamou o tal do Chico?

– Nada a ver, mãe. Menos. Ele tem prova, deve estar estudando.

– Ou será que você balançou com essa visita surpresa do Manoel?

– Não balancei. Na verdade, ainda estou confusa. Mas, sem dúvida, é a vez do Chico.

Cara, definitivamente não estou a fim, nem pronta para falar sobre minha vida amorosa hoje. Antes de qualquer coisa, preciso de uma noite de sono muito bem dormida para capitular tudo e entender o que estou sentindo. Foi muita informação nesses últimos dois dias.

Ao que tudo indica, no entanto, não vão me deixar ter esse tempo, não vão me deixar em paz. O Guga e a Rafa chegaram, falaram com a minha mãe, se sentaram na mesa e começaram a torrar minha santa paciência.

– Chico te querendo. Visita com conversinha do Manoel. Tá nas nuvens, hein, Dona Isabel! – começou o Guga.

– A gente pode não ficar falando sobre isso? – pedi, quase implorando.

– Por que não? Eu, hein! – provocou a Rafa, me deixando bem irritada.

– A gente veio filar o *hot dog* do tio Gael justamente para falar sobre isso – continuou o Guga, assassinando qualquer esperança que me restava da minha vontade ser respeitada.

– Ai, que saco vocês! – chiei, quase esperneando.

– Na minha visão, Rita Lee e Arnaldo Jabor diriam que Chico é amor e Manoel é sexo. – Na boa, a Rafaela está completamente sem limites! Olha a comparação que a garota fez. E o Gustavo logo caiu na pilha.

– O Chico, de fato, é morno demais para ser sexo, mas é recente demais para ser amor. Já o Manoel, eu concordo, tem potencial para um dia ser sexo mesmo. Por enquanto acho que é paixão, não sei se é amor. É amor, Bel? Gente! Será?

– Nossa! Manoel está com essa bola toda, é? – entrou no bonde Dona Fernanda, minha digníssima mãe.

– Não, não está! Eu só não quero falar sobre isso hoje, dá para ser? Eu preciso desesperadamente organizar minhas ideias antes de lidar com tudo. E a pessoa que mais me ajuda a fazer isso é o Conrado. Mas ele está sumido desde a manhã. Primeira vez desde que ele foi para essa droga de intercâmbio, que ele não me liga, não me responde, não me atende. Eu odeio Richmond!

– Já viu que o Conrado é mais importante para ela do que a gente, né Rafa?

– Não provoca, seu doido... Ela está tensa. – Finalmente a Rafa notou que não era brincadeira, eu estava de fato incomodada. Mas isso não a impediu de acompanhar minha mãe e o Guga rindo, achando graça do meu dilema.

Enquanto eles se divertiam às custas da minha dramédia sentimental, o cheiro inebriante do molho que só meu pai sabe fazer foi ficando cada vez mais forte. Antes de vê-lo adentrar o recinto, já dava para saber que a comida estava chegando – amém, Senhor! Com todos de boca cheia, o assunto vai, enfim, morrer de uma vez por todas.

Jantar servido, todos à mesa, meu pai devida e calorosamente cumprimentado pelo Guga e pela Rafa, demos início à fase final da nossa *rave* gastronômica do dia. Eis que, frustrando todas as (minhas) expectativas, de onde eu menos esperava, o tema da noite renasceu das cinzas.

– E aí, crianças, vocês acham que a Bel vai de Chico ou de Manoel? – perguntou papai, arrancando gargalhadas vorazes de todos, menos de mim, é claro.

– Caraca, pai! Até você? Que coisa mais chata!

– Opa! Desculpa. Pelo visto pisei em terreno minado. Vou trocar de assunto, então.

– Por favor! – pedi, enfática.

– Guga, esse brinco de brilhante aí é para imitar os jogadores da seleção?

Dessa vez, todos riram, inclusive eu, apesar de estar para poucos amigos.

– Pode dizer, tio, estou fazendo um estilão.

– Só falta colocar parafina no cabelo agora... – papai estava afiado, mas deixando o clima mais leve e engraçado.

– É tentativa de chamar atenção da Letícia, tio. A bicha quer homem rico. Com ela não rola amor e uma cabana, não.

– Não sei por que tirar o foco na Bel e colocar em mim.

– É chato, né? – zoei, sem esconder meu risinho vingativo. Pimenta nos olhos dos outros é refresco!

– E o Heitor, Rafa? Ainda está perturbando? – e Guga não perdeu tempo, foi logo mudando o rumo da prosa (como diria meu mineirinho lindo).

– Apareceu lá em casa hoje, acredita? Super irritado, sem entender por que eu tinha bloqueado ele em tudo.

– Você botou esse cretino para correr, Rafa? Porque a Bel me contou o que aconteceu e eu fiquei revoltada – questionou minha mãe.

– Não, tia. Fui trouxa. Cedi, dei chance dele se explicar. E acabei ouvindo ainda mais abobrinhas.

– Ele tentou defender o indefensável? – quis saber.

– Segundo ele, se ele fosse racista, não estaria comigo há tanto tempo. Disse que me ama, que me venera. Que o medo dele é a reação dos pais e blá blá blá.

Guga, que nunca engoliu o Heitor e, embora implique direto com a Rafa, se amarra nela, ficou transtornado.

– No mínimo, é frouxo, então. Além de racista, é claro. Porque esse argumento dele é típico do preconceituoso que não se assume.

– Pior, Guguinha, é que eu contei para ele tudo que eu ouvi e ele disse que eu estava louca, mentindo, ouvindo coisas. Me desacreditando, sabe? E ele manipula de um jeito que eu quase comecei a me questionar se eu realmente tinha escutado certo, se eu não estava me confundindo.

– Ou seja, além de frouxo e racista, é narcisista, abusivo e tóxico... Um saco de bosta! – É sério, acho que nunca tinha visto o Guga tão mexido com uma situação. A revolta dele era palpável. E com toda razão!

– É tudo muito doido. Quero distância. Só espero que ele me deixe em paz.

– Se esse moleque não deixar você em paz, Rafaela, me avisa. É para isso que existem medidas protetivas – meu pai logo se prontificou a ajudar.

– Obrigada, tio!

– Não tem o que agradecer, oras. Você faz parte da nossa família, é como se fosse minha sobrinha.

– Mexeu com você, mexeu com a gente, amiga! – concluí.

– Você também, Guga. Sobrinho postiço, muito amado por todos nós, viu?! – salientou mamãe, cediça de que o rapaz é muito brincalhão, mas no fundo é só coração, um verdadeiro poço de sensibilidade.

– Com certeza, Gustavo. Mesmo com esse brinco "estilosão" aí, você faz parte do clã.

E, com essa, Dr. Gael fez meu amigo amado, o cara mais legal do mundo, mas cheio de marra, ficar com os olhos mareados. De repente, escuto ele sussurrando:

– Você tem noção da sorte que você tem de ter pais assim?

– E como eu tenho! – respondi, sorrindo. – E tenho muita sorte também de ter você na minha vida, viu? Sem essa de ciúmes do Conrado. Você é meu irmão!

Guga abriu um sorrisão. Deitei a cabeça no ombro dele e, enquanto terminava de devorar meu sanduíche, fiquei só observando aquela cena supostamente simples e cotidiana na minha vida, mas ao mesmo tempo tão especial e perfeita. Realmente, não posso reclamar de absolutamente nada – só desse malfadado intercâmbio.

Trilha Sonora dos Capítulos VIII, IX e X

1. Oh, Pretty Woman – Roy Orbison
2. A Sua (ao vivo) – Marisa Monte
3. Stop! – Erasure
4. The Lazy Song – Bruno Mars
5. Dress You Up – Madonna
6. Dove (I'll Be Loving You) – Moony
7. I Gotta Feeling – Black Eyed Peas
8. Days Like This – Van Morrison
9. Have You Ever Seen the Rain – Creedence Clearwater Revival
10. Travessia – Milton Nascimento

Capítulo VIII
Revelações

E a segunda começou bem. Foi só eu abrir o olho para meu celular apitar: mensagem do Chico. Definitivamente, ele é que nem o Flamengo, outro patamar.

Cheguei na escola e dei de cara com a Letícia. Guga, que nem um abestalhado, todo feliz porque ela pediu desculpas por "qualquer constrangimento causado". O ranço, definitivamente, é um caminho sem volta. Só cresce! Enquanto o silêncio do Conrado permanece...

Na saída, minha mãe foi me buscar. Era dia de shopping! Nada mais terapêutico e eficiente do que ir às compras para relaxar. Entrei na cabine da loja com uns dez vestidos. Me senti uma noiva daqueles realities americanos antigos. Cada um que eu experimentava, saía para ver se minha mãe aprovava. Mas nada me parecia bom o suficiente para a ocasião. Até que a vendedora fechou o penúltimo vestido e eu me olhei no espelho.

– Para tudo! Essa aí sou eu?! – Saí da cabine decidida e estarrecida comigo mesma. Eu não estava simplesmente bonita, eu estava linda! – e é raro eu falar isso, viu? Além do que, o vestido não podia ser mais adequado e ideal para uma festa tão cheia de pompa e circunstância como os dezoito da Aninha.

– Meu Deus, minha filha, você está uma deusa! – disse a mãe coruja, encantada e babando (mais do que o Brownie) com a beleza da filha, assim que me viu.

Porém, a alegria durou pouco. Foi tudo por água abaixo quando descobri que aquele deslumbrante modelo prata, todo plissado e levemente bordado, que me deixava com um corpo fantástico graças a um corte impecável, era gringo e assinado. Ou seja, quando minha mãe viu o preço, o queixo dela quase caiu no chão – e, cá entre nós, era caro para cacete mesmo!

Eu implorei mesmo assim. Pedi para minha mãe conversar com meu pai, sugeri descontar uma parte da minha mesada, disse que ficava mais de um mês sem gastar nada, sem sair de casa. Fiz tudo que eu podia fazer.

Em contrapartida, ela me propôs que, antes de optar por qualquer medida desesperada, a gente procurasse outro vestido, que não fosse essa facada.

Fiz birra, manha, fui mimada, tomei logo uma bronca e levei uma merecida chamada. Por fim, pedi desculpas e disse que, depois de me ver naquele vestido, não adiantava ir atrás de nenhum outro, que eu preferia ir com um dos que eu já tinha no armário – e, juro, não era chantagem, era a mais pura verdade. Quando a gente encontra algo perfeito, não tem jeito, qualquer substituto vira prêmio de consolação.

Cheguei em casa de mãos abanando, desolada e, ainda por cima, atrasada. Tinha marcado de estudar com a Rafa, que já estava mofando, me esperando no sofá da sala. Engoli uma caneca de sopa e tratamos de colocar a mão na massa. Não tínhamos tempo a perder, a semana de provas estava prestes a começar e, não bastasse, ainda tinha o simulado da UERJ para fazer.

Nos sentamos na mesa de jantar, ali tinha mais espaço do que no meu quarto para a gente se espalhar. Resolvemos começar a tortura por História. Eis que, algum tempo depois, quando já tínhamos passado pela Primeira Grande Guerra, estávamos saindo do *American Way of Life* e entrando na Crise de 1929, meu celular apitou. Chamada de vídeo do Conrado. Atendi, fula da vida.

– Finalmente você apareceu.

– O que aconteceu de tão grave para você ter me mandado mais de trinta mensagens de ontem para hoje?

– Eu não mandei tantas mensagens porque aconteceu alguma coisa grave. Mandei porque você simplesmente sumiu! – Fez-se um silêncio constrangedor, então continuei. – Cara, ontem você nem me ligou à noite. Primeira vez na vida.

– Sim, Isabel, para tudo existe uma primeira vez. Ontem não deu. Eu, hein!? Está parecendo até namorada chata. Nem minha mãe fica nessa pressão.

– Eu precisava falar com você. Eu ando morrendo de saudade sua. Você faz muita falta aqui. E ontem, especificamente, era para você que eu queria contar sobre a confusão que se tornou minha vida amorosa. Para mais ninguém.

Rafa meteu a cara no vídeo e confirmou meu relato.

– Oi, Conrado! É verdade, viu? Ela não quis papo nem comigo, nem com o Guga. Só servia você.

– Oi, Rafa! Que se passa com nossa amiga? – respondeu ele, rindo.

– Desculpa se eu exagerei, tá? Não sou nem sua namorada, nem uma chata.

– Eu sei que não. Por isso estranhei, Bebel. Quer conversar agora ou no nosso horário de sempre?

– Vai ter que ser no nosso horário de sempre. Estamos estudando.

– Beleza, eu chamo você aqui às oito e meia, então. Em ponto, para evitar surtos.

Rimos.

– Tá... Mas o que aconteceu que você não conseguiu me ligar?

– Nada demais, sua doida. Acabei ficando na casa da Kate até hoje de manhã. Ontem, passamos o dia de preguiça, no sofá, vendo TV e comendo pizza. Fiquei sem bateria, sem computador, sem nada. Só isso!

– Pelo visto está sério esse lance com a Kate.

– Está caminhando... Acho até que vou passar um tempo a mais aqui depois da formatura. Devo ficar até final de julho, para a gente dar uma viajada, passar uma temporada na cidade dos avós dela e tal.

– Quase mais dois meses aí? Eu odeio essa Kate! – fui efusiva e não escondi a ira desesperadora que eu estava sentindo.

– Deixa de ser boba, Bel. Cara, estou ficando preocupado de verdade. O que está acontecendo com você? Meu Deus! – Novamente fez-se um silêncio sepulcral. – Bom, a gente conversa mais tarde, no nosso "*bat*" horário. Vai estudar.

– Tá bom.

– Saudade de você, viu? Juízo por aí. E *take it easy*.

Desligamos e caí em prantos. Rafa veio logo me dar um abraço.

– Amiga, o que foi isso?

– É um mix de coisas na minha cabeça: Manoel, Chico, o vestido, o estresse das provas e do simulado, minha menstruação chegando, mas não vou mentir para você, é principalmente essa coisa da Kate e do Conrado.

– Por que a Kate e o Conrado te incomodam tanto?

– Não sei, mas está doendo, viu? Mais dois meses de espera. Se é que ele volta mesmo.

– Eu estou meio chocada. Eu sempre soube que o lance com o Conrado não era fraternal como é com o Guga, mas daí esse ciúme todo?

– É ciúme de amiga, Rafa. Eu sou controladora e estou perdendo o controle sobre ele. Só isso. Não tem nada a ver com sentimento.

– Sei... – ironizou Rafa, nitidamente sem acreditar no que eu estava dizendo. – Aconteceu alguma coisa naquele final de semana de despedida dele, lá em Teresópolis, que você não tenha me contado?

– Absolutamente nada! Ele ficou se pegando com a Lívia, mal tivemos tempo juntos, mal nos despedimos. Fiquei completamente deslocada.

– Entendi...

– Só na hora que ele veio me deixar em casa que, pela primeira vez, ele me deu um beijo no canto da boca, sabe? E não me pareceu ter sido sem querer... Sei lá! Depois ele me deu um abraço que eu nunca vou me esquecer da potência. Nós dois choramos ali. Eu, copiosamente. Ele, discretamente. Mas foi um momento nosso bem especial.

– Menina! Então não é só você que fantasia e colore essa amizade.

– Ai, Rafa. Não é nada disso. Ele não falou nada. Nem eu. A gente só combinou que ia continuar se falando todos os dias, exatamente como a gente fazia aqui.

– Aí se ele pula um dia, seu castelo desmorona.

– Tipo isso. Mas é só uma amizade, cheia de saudade. Ele tem a Kate, eu tenho o Chico, além do Manoel. E é isso.

– Será? Ontem seu mau humor não teve nada a ver com o assunto Manoel e Chico. Seu problema era o Conrado ter sumido.

– Não. Não foi só isso. Foi o pacote. Foi tudo junto. O Manoel vir aqui bagunçou minha cabeça inteira. Esse homem me tira do prumo, me agita, me atiça. Mas até o que ele fala é complexo, meio sem pé nem cabeça, sem nexo. E eu realmente quero ver no que vai dar essa história com o Chico. Estou encantada com ele.

– Ai, amiga, de tédio você não morre, né? – brincou Rafa, secando as lágrimas remanescentes no meu rosto e me fazendo rir da situação.

– Arianos desconhecem essa palavra, amiga.

Rimos. Rimos muito. Foi bom demais. Eis que a Janice, nossa funcionária amada, que trabalha há milênios aqui em casa, veio trazer nosso lanche. O choro já tinha ido, mas meus olhos me denunciaram.

– Tava chorando, né Isabel? Isso é fome, menina! Tomar só sopa não é de Deus, não. Deixa a gente triste, mesmo.

E lá estávamos, Rafa e eu, às gargalhadas de novo.

– Dona Fernanda pediu para eu trazer suco e sanduíche para a Rafa e mais uma caneca dessa gororoba verde para você. Não quer que eu faça um queijo quente? Não gosto de ver você murchinha desse jeito.

– Obrigada, Janinha. Mas seguirei vivendo de brisas, não vou sair da dieta de jeito nenhum.

– O que é de gosto, regalo da vida. Se quer sofrer, então sofra.

– Estou sofrendo por isso não, mulher. Fique tranquila – disse, abraçando Janice pela cintura. – Eu vou sofrer é se não perder uns bons quilos até a festa da Aninha, aí sim.

– Desisto! Mas se mudar de ideia, me chama, viu? Estou lá na área passando roupa.

Janice saiu, devoramos o lanche e voltamos à Grande Depressão americana. Já passava das quatro da tarde e nossa meta era terminar tudo até Segunda Guerra, ainda hoje. Ou seja, sebo nas canelas! – como diz a minha avó. Afinal, às oito e meia, pontualmente, tenho um compromisso importante e inadiável, que não perco por nada nesse mundo.

Capítulo IX

Enfim, véspera da festa da Aninha!

E os dias que se seguiram mantiveram esse padrão... Muito estudo. Pouca comida. Guga babando a Letícia. Letícia nem aí para o Guga. Heitor correndo atrás da Rafa. Rafa correndo do Heitor. A tal da Kate se apossando do Conrado, mas ele mesmo assim cumprindo à risca o horário marcado. Manoel sumido. Eu ainda sonhando com aquele bendito vestido. E todo dia, mensagens adoráveis do Chico – que ficou arrasado porque não pude ir ao cinema com ele no sábado, pois ainda não tinha terminado trigonometria e gênero literário.

O fim das provas foi um verdadeiro alívio. Cheguei do colégio, subi as escadas me arrastando, larguei a mochila em qualquer canto, botei uma roupa de ficar em casa e fiz o que o meu corpo estava implorando: me joguei na cama sem qualquer intenção de me levantar até a hora do Conrado ligar. Só queria ficar ali de bobeira, maratonar a quarta temporada de *Gossip Girl* inteira e dar uma bela descansada. Eis que meu telefone começa a vibrar. Era o Chico. Sentei e esperei uns cinco toques antes de atender – básico, né?

– Fala, Chico!

– E aí, moça?! Como está se sentindo, livre das provas?

– Exausta, mas com um sentimento bom de dever cumprido. Simulado hoje foi muito suave, inclusive Matemática e Física.

– Irado! Já tinha tudo planejado para a gente sair e comemorar. Ia convidar você para jantar. Me indicaram até um restaurante de fondue ali no Joá.

– Hummmm... Adorei!

– Pois é, só que vamos ter que deixar para outro dia. Meu chefe acabou de avisar que ninguém tem hora para sair hoje. Entrou cliente novo e temos que fazer uma *due diligence* nos processos que chegaram.

– Poxa...

– Mas amanhã, prometo, não perco o aniversário da Aninha por nada. Mesmo que eu chegue um pouco mais tarde. Aí comemoramos juntos na festa e jantamos no sábado. Que tal?

– Por mim, fechado. É até bom, porque do jeito que estou cansada, hoje vou acabar dormindo cedo.

– Você acha que seus pais deixam você ir jantar comigo?

– Deixam sim, mas meu pai vai querer me levar e me buscar, com certeza.

– Tá certo. Combinado, então. Esse final de semana é nosso!

Desliguei o telefone com um sorriso insistente cravado na boca. Mal sabia eu, o que estava bom, ia ficar ainda melhor. Já estava esticando novamente meu corpo moído, prestes a dar o *play* na TV, quando minha mãe entrou no meu quarto.

– Filhota, estou indo para o escritório apresentar um projeto grande e muito importante. Torce por mim!

– Boa sorte, mãe. Tenho certeza, você vai arrasar! Que horas você volta?

– Antes do jantar.

– Quando você chegar, me ajuda a escolher meu *look* para a festa?

– Escolher? Ué, mas já não está escolhido?!

– Não. Não tive tempo de pensar nisso.

– Seu pai não te entregou uma coisa hoje de manhã? Bem que eu estava estranhando você não ter falado nada.

– Eu não fui para o colégio com meu pai hoje, mãe. Esqueceu? Ele saiu mais cedo porque levou o carro para a revisão. Nem o vi. Fui de carona com o Guga e o tio Dario.

– Verdade. Espera aí. Deixa eu ver onde ele deixou o que ia te dar – disse mamãe, risonha, enquanto teclava no celular. Logo em seguida, chegou mensagem para ela.

– Olha ali na sua bancada.

Levantei e, curiosa, fui ver o que os dois tinham aprontado dessa vez. Em cima do meu notebook tinha um envelope com o meu nome. Abri. Era o cartão de crédito (ao infinito e além) do meu pai e, junto, um bilhete dele.

"Só se tem 17 anos uma vez na vida. Vai ser feliz. Compra o tal vestido! – embora você fique linda de qualquer jeito. Te amo, papai"

– Cara, meu pai é perfeito demais!

– Eu tenho participação nisso também, viu, mocinha? – fez questão de pontuar minha mãe, meio que na brincadeira, mas com um inegável fundo de verdade.

– Obrigada, mãezinha! Eu amo vocês. – Dei um abraço muito apertado nela. Quando ela já estava saindo do quarto, resolvi deixar a preguiça de lado e ir buscar logo o meu vestido. Estava rezando para ele não ter sido vendido, era só o que me faltava! Se bem que, pelo preço dele, essa possibilidade era baixa – mas não impossível.

– Mãe, dá tempo de você me deixar no shopping no caminho do trabalho?

– Claro. Mas se veste rápido. Vou te esperar no carro.

Em exatos quatro minutos eu estava pronta, sentada no banco do carona, afivelando o cinto de segurança e com o cartão de crédito na bolsa, pronto para ser usado! Do caminho, liguei para a Rafa, que combinou de ir me encontrar lá.

Graças ao meu bom Deus, o que é do homem, o bicho não come e o que é nosso, está guardado. Cheguei na loja e logo bati o olho no meu vestido, pleno e suntuoso, me esperando pendurado, louco para fazer morada no meu armário. Experimentei de novo aquela obra-prima para a Rafa ver. Devo dizer, depois de dez dias de sopa, o caimento ficou ainda mais primoroso – modéstia completamente à parte, esse vestido me deixou um verdadeiro colosso.

– Que isso, hein, novinha?!? Amanhã não vai ter para ninguém! Chico que se cuide e não se atrase – comentou Rafa, rindo e amando ver a minha cara de felicidade.

De lá, fomos atrás de um sapato para a Rafa. A danada vai com um vestido de cetim de seda *pink* e, para "compor o visual", ela quer nada mais, nada menos, do que uma sandália bem alta, vermelha, amarela ou laranja. Sim, além de linda, a moça é estilosa. Não à toa ama moda e, desde bem nova, faz vários trabalhos como modelo.

Missão dada, é missão cumprida: depois de rodar umas dez sapatarias, enfim achamos uma *d'Orsay Pumps* (descobri hoje que esse é o nome do modelo que ela comprou) vermelha, de verniz. Os olhos da cara, mas um espetáculo no pé.

Por fim, raspei o que restava da minha mesada e comprei uma cesta, cheia de guloseimas e bebidas, de presente para os meus pais. Afinal, o vestido que eles me deram merece um agradecimento à altura e agradar quem nos adula (sem querer nada em troca) nunca é demais.

Pronto! Já podíamos ir embora.

Estávamos descendo a escada rolante, rumo à saída, felizes da vida, quando, de repente, esbarramos com o cretino do Heitor. Ninguém merece!

– Rafa? Cara, só assim para eu conseguir te ver – disse o infeliz, fazendo a menina imediatamente começar a hiperventilar.

Segurei a mão dela, apressei o passo, mas o sujeitinho teve a petulância de vir nos atazanar.

– Rafa, espera! – Firme, ela largou minha mão e passou na minha frente, seguindo a passos largos para fora do shopping, sem olhar para trás.

– Isabel! – me chamou o desgraçado, segurando meu braço com zero delicadeza, forçando que eu parasse para falar com ele.

– Me solta! – ordenei, em alto e bom tom. O segurança, que estava na porta do shopping, ficou logo de olho. A Rafa, que estava me esperando na rua, também ouviu meu grito. Ela parou e ficou observando à distância.

– Foi mal. Só queria que você me ouvisse.

– Eu não vou te ouvir, Heitor. Muito menos à força. Tudo que eu tinha para saber sobre você, eu já sei. E não gosto nada, diga-se de passagem.

– Por favor, me deixa explicar.

– Quando passar por mim, finge que não me conhece, beleza? É exatamente isso que eu pretendo fazer sempre que eu tiver o desprazer de cruzar com você.

– Eu sou louco pela Rafa, Isabel. Ela foi injusta comigo. Foi tudo um grande mal-entendido. Se você me der a chance de te contar a minha versão da história, você vai me entender. E ela vai te escutar.

Saí dali furiosa e deixei o verme falando sozinho. Que audácia desse cara vir puxar esse papo comigo! Já no Uber, contei para a Rafa o que ele tinha dito, crente que ela ia ficar mais irritada do que eu. Ledo engano.

Senti que, por um lado, de fato, ela não quer contato com ele, está se sentindo sufocada com a pressão que ele vem fazendo, além de estar muito magoada e confusa com a situação toda. Por outro, é como se ela precisasse se sentir aceita e validada, então fica envaidecida por ver o esforço dele para, a qualquer custo, reconquistá-la.

– Quem diria, né? Aquele mané que mal aparecia, que nitidamente se escondia, agora resolveu colocar a cara no sol, todo fofo, expondo os sentimentos dele para os meus amigos, para tentar consertar as cagadas que fez comigo.

– O Heitor não tem nada de fofo, Rafa. Ele é um belo de um canalha, isso sim! Foi agressivo, te chamou de injusta, posou de vítima. Não se iluda, pelo amor de santo Deus.

– Fica tranquila, amiga. Deixa isso para lá. – Rafa quis encerrar o assunto. Não insisti, porque eu estava cansada demais para argumentar. Mas vai ter que rolar uma conversa séria sobre isso depois. Ô se vai!

Rafa saltou em frente ao prédio dela e eu segui caminho. Alquebrada, pisei em casa certa de que tomaria um banho daqueles e, depois, ia dar uma relaxada, antes dos meus pais chegarem. Eis que apita uma mensagem do Chico: *Moça, vou ter um intervalo para jantar aqui no escritório às 8:30h. Já que não vou te ver hoje, queria pelo menos te ligar de novo. Posso?*

De mensagens de bom dia, passamos para mensagens ao longo do dia, hoje foram mensagens e telefonema, com direito a pedido de bis. Sem falar de um convite para o cinema e outro para jantar. Realmente, as coisas com o Chico estão indo de vento em popa, com cara de que vão decolar.

Óbvio que eu disse que ele podia me ligar. Na verdade, eu paguei mico, disse que não só ele podia, como devia me ligar. Que vergonha alheia de mim mesma. Socorro! Enfim... Isso tudo implicava em sair do chuveiro, pular a pretendida relaxada, e logo adiantar minha chamada com o Conrado – que ficou meio bravo de eu ter mudado nosso horário, disse que eu ia dar piti se fosse o contrário, mas depois de um longo papo, ficou aparentemente de boa.

Desligamos, já era quase sete da noite. Meus pais já deviam estar para chegar. Escrevi um cartão lindo, desci e coloquei junto com o presente deles, na mesa redonda de madeira do hall de entrada, entre o *living* e a sala de jantar.

E nada deles chegarem... Mandei mensagem. Meu pai disse que ainda ia demorar uma meia-hora. Minha mãe estava saindo de Botafogo, presa em um engarrafamento sinistro e o aplicativo estava indicando que o trajeto mais rápido era de quarenta minutos. Resolvi, então, enquanto esperava pelos dois, subir e finalmente assistir a pelo menos um episódio da minha série. Resultado: depois de cinco minutos de *Blair* e *Serena*, dormi! Não falei com o Chico, não teve agradecimento do vestido, nada. Nem o celular carregando, eu deixei. Só o sono dos justos, depois de dias tão atribulados, cheios de estresse e estudo pesado.

Acordei no dia seguinte, bem cedinho. Estava morta de fome! Não tinha jantado, meu estômago chegava a doer de tão vazio. Fui até a cozinha esquentar uma caneca de sopa.

– Caiu da cama, foi? – perguntou Janinha. – Eu ia te chamar às sete horas, como seu Gael pediu.

– Cadê ele, por falar nisso?

– Já saiu. Ele disse que ia passar na autorizada para ver quando o carro dele vai ficar pronto, depois ia na casa da sua avó e, de lá, ia trabalhar. Ele queria te esperar, mas decidiu ir de moto hoje para fugir do trânsito na volta. Aí já viu, né? Dona Fernanda fechou a cara e proibiu ele de te levar na escola.

– Cadê ela?

– Foi visitar uma obra. Mas combinou com a Dona Ângela, mãe da Rafaela, de te dar carona na ida. Na volta, ela disse para você chamar um Uber, porque ela tem que terminar uma proposta até a hora do almoço, então não vai poder te buscar. Mas ela vai te mandar mensagem falando dessa parte.

– Tá bom, Janinha. Vou lá me arrumar.

Saí da cozinha e vi que a cesta estava aberta, toda remexida, comidinhas espalhadas pela mesa da sala, garrafa de vinho vazia... Ou seja, os dois curtiram o mimo e se divertiram juntos! E o Chico ligou ontem duas vezes e mandou mensagem:

Dormiu, moça? Bem que você falou que isso podia acontecer. Descansa! Beijos e até.

Sextou!

Capítulo X
Mudança de planos

Sabe aqueles dias em que o tempo está tão, mas tão fechado, que não é nem uma da tarde ainda, mas parece que já passou das seis? Então, esse era o exato cenário desta fatídica sexta-feira de outono.

Os pingos de chuva, inicialmente tímidos, quase imperceptíveis, foram ficando cada vez mais constantes e intensos à medida em que eu voltava a pé do colégio para casa.

Sem guarda-chuva, nem dinheiro para pegar um táxi – ou sequer um ônibus, cartão estourado depois do mimo para os meus pais, celular descarregado, mais uma vez sem a bateria portátil em mãos, chamar um Uber, como minha mãe pediu, também não era opção. Só restou me proteger com o capuz do casaco que vivia amarrado à minha cintura e aguentar os pés molharem, pois meu bom e velho *All Star* não estava dando conta das poças no chão, resultado do temporal que, sem qualquer aviso prévio, havia despencado ao longo da manhã.

Mas nada, absolutamente nada, ia ser capaz de tirar o meu bom humor. Também, pudera! Finalmente tinha chegado o dia da festa da Aninha, a presença do Chico estava mais do que confirmada e o clima entre a gente não podia estar melhor. Meu pai tinha liberado o cartão dele para eu comprar o vestido que me deixou uma verdadeira sílfide, minha mãe marcou cabeleireiro e maquiagem, além de ter me emprestado a bolsa nova dela, que ela trouxe de viagem. A dieta tinha fluído lindamente nas duas últimas semanas e, além de tudo isso, até o esquema de ida e volta já estava devidamente combinado, o pai do Guga vai levar a gente e meu pai, como sempre, vai buscar – e só na hora que a festa acabar!

Em suma, era chegar em casa, tomar minha sopa, dar aquela dormida básica até a hora do cabeleireiro, depois me vestir, falar com o Conrado e... partiu festa! Que dia perfeito!

Porém, foi só eu pisar em casa para minha mãe começar a mexer no meu cronograma.

– Meu Deus, Bel, você está encharcada! Tira essa roupa molhada e entra logo em um banho quente, antes que você fique gripada.

Não esperei nem ela terminar a frase: praga de mãe é pior do que praga do Egito. E, convenhamos, não tinha a menor possibilidade de eu pegar uma gripe, justo quando eu estava na iminência de pegar o Chico.

Corri para o banheiro, me enfiei no chuveiro e tomei aquele banho! Água pelando, para ter certeza de que eventuais vírus que estivessem pretendendo ferrar com a minha sexta-feira iam morrer escaldados.

Antes que minha mãe lançasse uma nova maldição em cima de mim, tratei de secar o cabelo, para não dormir com ele molhado. Coloquei meu moletom cinza de ficar em casa, velho e todo surrado, cheio de furinhos e confortável como eu gosto. Deixei meu celular carregando na tomada do banheiro, fui para o quarto, fechei a cortina e liguei o ar no máximo. Quando já estava me aconchegando embaixo das cobertas, pronta para bater um papo sério com Morfeu, eis que escuto minha mãe gritar da sala.

– Filhota, quando quiser almoçar, avisa, tá? Daqui a pouco a Jana vai para casa.

– Vou tomar sopa, mãe. Pode deixar que eu esquento depois.

– Mas tem que comer, ouviu? Saco vazio não para em pé.

– Pode deixar, mãe. Relaxa.

Como eu já disse antes, minha mãe realmente me conhece bem. Melhor do que ninguém. Tudo que eu como em exagero quando estou triste, entediada ou ansiosa, eu simplesmente esqueço de comer quando estou feliz – principalmente, se tem algum garoto na parada. Mas, naquele momento, o sono era maior do que a fome e meu edredom estava muito convidativo.

Foi eu apagar as luzes e me aconchegar no travesseiro para o telefone começar a tocar. Abri o olho, mas que preguiça eu estava de levantar.

"Será que é o Guga?", pensei. De repente é a Rafa para me contar algum babado do Heitor. Vai ver é o Conrado, lá de Richmond. Se bem que a essa hora ele está em aula ainda. Meu Deus do céu, e se for o Chico?

O sono venceu a fome, mas a curiosidade definitivamente venceu a preguiça. Levantei e fui checar meu celular. Antes que eu chegasse no banheiro, no entanto, parou de tocar – na verdade, ele nunca tinha tocado, deve ter sido o da minha mãe. Mas, já que eu estava lá, aproveitei para responder as mensagens acumuladas, enquanto estava sem bateria.

Guga: *Dormi mais do que a cama. O que que rolou na aula hoje?*

Bel: *Nada demais. Os professores nem conseguiram dar aula direito, todo mundo só falava na festa da Aninha.*

Aliás, tenho que te contar uma novidade...

Guga: *Sobre a Letícia?*

Bel: *Que mané Letícia, Gustavo. ECA! Sobre o Chico...*

Guga: *Tudo é o Chico agora. Que saco!*

Bel: *Ontem foi o Conrado reclamando dele. Agora, é você.*

Guga: *Por que será?*

Bel: *Eu que aguente vocês falando de Letícia e Kate, né? Aff... Agora deixa eu dormir para estar linda e maravilhosa hoje à noite. Mais tarde eu te chamo aqui.*

Enviei a mensagem, coloquei o celular no silencioso e já estava voltando para a cama no momento em que, do nada, minha mãe abriu a porta do meu quarto, visivelmente atordoada e aos prantos. Ela se lançou em meus braços e, mesmo aflita, a acolhi, tentando acalmá-la.

– O que aconteceu, mãe? – quis saber.

Minha mãe não respondeu nada. Apenas continuou me abraçando, bem apertado, sem conseguir controlar o choro. Fui ficando cada vez mais nervosa.

– Pelo amor de Deus, mãe, me diz o que aconteceu.

Senti ela respirar fundo, como se buscasse retomar algum tipo de equilíbrio. Com o choro menos intenso, mais contido, ela saiu do abraço e segurou minhas duas mãos.

– Meu amor... Seu pai...

– O que houve com o meu pai, mãe? – a essa altura, as lágrimas começaram a correr pelo meu rosto que nem cachoeira.

– Aquela moto maldita, minha filha. Ele derrapou no Aterro por causa da chuva. Foi atropelado por um carro. Ligaram agora avisando.

– Cadê meu pai, mãe? Eu quero ver ele. Quero ficar com ele. Onde ele está?

Minha mãe voltou a chorar com intensidade máxima. Não era preciso ela dizer mais nada, eu já sabia.

– Ele não resistiu, Bel. Seu pai morreu.

Trilha Sonora dos Capítulos XI e XII

1. God Only Knows – The Beach Boys
2. Without You – David Guetta (feat. Usher)
3. I'll Be Missing You– Puff Daddy (feat. Faith Evans & 112)
4. Because You Loved Me – Céline Dion
5. Tears in Heaven – Eric Clapton
6. End of the World – Sonia
7. Bigger Than the Whole Sky – Taylor Swift
8. Eu Sei Que Vou Te Amar – Tom Jobim
9. Everything's Gonna Be Alright – Sweetbox
10. Bridge Over Troubled Water – Simon & Garfunkel

Capítulo XI
Em choque

Ontem dormi antes do seu boa noite. Hoje acordei depois do seu bom dia. E, assim, ele se foi. Do nada. De repente.

Sem despedida.

A gente nunca imagina que as coisas ruins que vemos acontecendo com os outros vão acontecer na nossa vida também. Temos a vã impressão de que, de certa forma, estamos blindados, protegidos daquilo que, no íntimo, mais nos apavora e que, quando escutamos alguém contando alguma história, imediatamente falamos "Deus me livre, não gosto nem de pensar em uma coisa dessas".

Daí, quando menos se espera, sem nenhum *spoiler* e sem que a gente esteja minimamente preparado, nos tornamos protagonistas de um daqueles dramas que, só de pensar, já deixava a gente aterrorizado. Assim, na marra, nos damos conta de que tudo é incerto, frágil e inesperado, de que hoje podemos estar cercados de quem a gente ama e, amanhã, do nada, não ter mais alguém do nosso lado.

Se qualquer pessoa me dissesse ontem que, hoje, ao invés de estar nos preparativos para a festa da Aninha, eu ia estar me arrumando para o velório do meu pai, eu não acreditaria. Na verdade, acho que, de fato, não estou acreditando. É como se tudo isso fosse só um pesadelo, como se meu pai daqui a pouco fosse me acordar com o maior carinho e zelo, como ele fazia todos os dias, antes de me levar para a escola.

Mas a realidade logo chega matando o sonho e enterrando qualquer ilusão. Lá estava eu, me olhando no espelho, toda de preto, olhos inchados, sem uma gota de maquiagem no rosto e, no cabelo, um meio-rabo.

Saí do quarto e fui para o escritório, onde fica o armário do papai. Minha mãe me deu a incumbência de escolher a roupa que ele vai ser enterrado. Não foi fácil ver todos aqueles ternos ali pendurados, esperando para serem escolhidos por ele nos dias de trabalho. O cheiro dele em tudo – como era perfumado! As camisas polo, uniformes dos finais de semana, perfiladas nas prateleiras do lado, me olhando, cheias de histórias para contar. Bermudas nas gavetas, calças penduradas individualmente e por cor. A jaqueta caqui que ele andava para cima e para baixo pendurada no cabideiro do lado de fora, encostado no sapato que, de tão usado, tinha o formato do pé dele gravado. Tudo tão vivo, mas já parte do passado.

Gente, como isso foi acontecer?!?

Missão (dolorosamente) cumprida, roupa escolhida. Um jaquetão que ele ficava lindo, o mesmo que ele dançou valsa comigo na minha festa de quinze anos. Peguei a gravata mais bonita, cinto e sapato combinando. Meias. Camisa branca bem engomada. Abotoaduras, barbatanas. Botei um lenço branco perfumado no bolso do paletó, exatamente como ele fazia. No bolso de dentro, coloquei uma foto 3x4 minha, que achei guardada em uma caixa, dentro do armário dele.

– Para você nunca esquecer de mim, pai – disse, em voz alta, como se ele pudesse me ouvir. Como se um pai daqueles, meu porto seguro, fosse me esquecer por um instante, por um único segundo, principalmente agora que eu estava sozinha com a mamãe no mundo.

Pedi à Janinha para me ajudar a colocar tudo em capas e sacolas. Ela achou por bem passar a camisa de novo, engomar melhor a gola – apesar de, cá entre nós, já estar um brinco, perfeita. – Não está exatamente como ele gostava, Bel. – Deixei, senti que foi a forma que ela encontrou de homenageá-lo.

Enquanto isso, peguei o celular no banheiro e minha bolsa no quarto. Já queria estar pronta, para sair logo que minha mãe terminasse de se vestir. Não queria deixar o papai esperando, sozinho, abandonado.

Meus pensamentos estavam longe, quando tomei um susto com a tremedeira do meu telefone. Estava silenciado há horas. Não tive tempo, nem vontade de falar com ninguém. Mas eram tantas mensagens do Guga, que achei por bem dar uma olhada.

Guga: *Desistiu de me contar a novidade? rs*

Guga: *Pô, você sabe que eu implico, mas sou curioso. Vai, fala aí.*

Guga: *Agora, sério. Cadê você? Tá me ignorando a tarde inteira.*

Guga: *Deve estar no cabeleireiro, né?*

Guga: *Me ajuda a escolher minha gravata quando você puder?!?*

Guga: *Estou ficando preocupado. Manda um oi.*

Guga: *Ainda vamos juntos pra Aninha ou você decidiu ir com o Chico?*

É, eu precisava dar uma satisfação para o meu amigo.

Bel: *Meu pai morreu, Guga.*

Logo em seguida, minha mãe chegou no escritório, toda arrumada, com o vestido que meu pai mais gostava. Atrás dela veio a Janinha com a camisa dele, impecável, pendurada em um saco de lavanderia.

– Vamos, filhota?!?

Meu celular começou a tocar. Era o Guga. Atendi no viva-voz, enquanto ajudava minha mãe a carregar o resto das roupas que tínhamos que levar.

– Oi, Guga.

– Como assim, o tio Gael morreu, Bel? Como foi isso? Por que você não me contou? Como você está? E a tia Fernanda? O que eu posso fazer por vocês? – me metralhou de perguntas, com a voz embargada.

– Foi um acidente, Guguinha. Mas não posso falar agora. Estamos saindo para o velório e ainda temos que entregar as roupas antes na Santa Casa.

– Me manda as coordenadas por mensagem. Te encontro lá.

– Não precisa, amigo. Vai se divertir, vai para a festa. Amanhã, juro, eu te conto tudo depois do enterro.

– Que mané festa, Isabel. O único lugar que eu vou hoje é para perto de você.

Sorri. Nem sabia, mas eu estava precisando desse carinho.

– Deixa eu chegar lá, então, que te mando o número da capela, tá?

– Promete?

– Prometo. Só não comenta nada com a Rafa, deixa ela curtir o aniversário da Aninha. Ela vai toda linda, merece aproveitar. Inventa que fiquei gripada, com febre e que já estou deitada. Sei lá. E se der, avisa ao Conrado, por favor. Explica que hoje não vou poder falar com ele no horário de sempre.

– Claro, deixa comigo!

– Eu te amo, amigo.

– Também te amo, Bel.

Era hora de ir. Equilibramos aquele enxoval fúnebre com todo cuidado. Quando a Janinha pendurou a última sacola no meu braço, mamãe agradeceu por ela ter ficado além do horário e por ter nos ajudado tanto. Por fim, disse para ela ir embora, aproveitar sua folga, que ficaríamos bem.

– Não vou para casa esse final de semana, Dona Fernanda. De jeito nenhum. Quero estar aqui para o que vocês precisarem.

Minha mãe e eu nos emocionamos. Como eu disse, quando tudo está tão triste, receber amor é a melhor coisa que existe, é como sopro de vó em ferida aberta – não cura, mas alivia.

Capítulo XII
Adeus

O velório foi um baque. Só que, de certa forma, eu meio que precisava daquele choque de realidade para conseguir acreditar que meu pai efetivamente tinha ido embora. O mais louco é que ele estava com uma fisionomia boa, um semblante tranquilo, quase que esboçando um sorriso. Isso me trouxe uma espécie de paz de espírito, apesar de toda tristeza.

Já era tarde quando saímos de lá. Chovia a cântaros ainda. Voltamos para casa, tão vazia sem ele – mas não tanto quanto eu. Estou erma, oca, completamente perdida e sozinha, desde que soube que meu pai morreu.

Janinha preparou um jantar caprichado, nada desceu. Até os cachorros perceberam que tinha algo errado, estavam quietos, calados, subiram com a gente e não saíram do nosso lado.

Não preguei o olho a noite inteira. Lidei com a presença da ausência dele. Pensei em como tudo seria daqui para frente e chorei. Chorei muito. Chorei sem parar.

Mas o dia nasceu como se nada tivesse acontecido. Da tempestade, que parecia lamentar a sua partida, se fez um dia radiante, luminoso, como se o céu comemorasse a sua chegada.

Pegamos a orla a caminho do enterro.

Pessoas correndo na praia, garis limpando as ruas, surfistas a caminho do mar. Carros passando, comércio abrindo, vida seguindo, tudo normal. Mas, como? Se eu estava indo me despedir do meu pai.

Como a vida continua, se o meu mundo parou? Meu chão abriu, ruiu e meu coração se despedaçou – em tantos pedaços que eu nem sei como vai ser.

O cemitério estava cheio, lotado de família, mas, acima de tudo de amigos: meus, dele, da mamãe. O colégio todo, o clube inteiro, o Rio de Janeiro em peso. Todo mundo desolado com aquela perda brutal e tão prematura de um cara incrível, querido e com tanta vida pela frente.

A hora em que o caixão desceu, senti as pernas fraquejando, o corpo amolecendo, a pressão caindo. Era o fim. A partir daquele momento, não tinha mais volta: eu nunca mais ia ver o meu pai. Vivo ou morto. Nunca mais ia abraçá-lo. Segurar sua mão, sentir o cheiro dele, ouvir sua voz, lhe pedir conselhos. Nada. Estava tudo acabado.

Eis que, enquanto jogavam flores em despedida, o Guga jogou o brinco dele, com o qual meu pai tanto implicava.

– Ele não gostava, não vou usar mais. Nunca mais. – Demos as mãos, ambos aos prantos. Talvez ali nosso elo, que já era extraforte, tenha se tornado indestrutível.

Nesse momento flagrei o Cristo Redentor, como diz a música, de braços abertos, não sobre a Guanabara, mas sobre o túmulo do meu pai. De novo, no meio de tanta consternação, encontrei uma certa serenidade. É muito doido lidar com os paradoxos que a morte nos apresenta.

Tão logo cheguei em casa, ignorei todas as visitas, e subi para o meu quarto. Precisava de ar, de espaço, de um momento para mim. Só queria ficar sozinha, ali, quietinha, na companhia do Brownie e do Quindim.

Depois de um tempo, minha mãe foi ver como eu estava.

– Meu amor, vem pra sala... Sua avó está aí. Seu tio. Seus primos. Seus amigos.

– Já vou.

Quando ela já ia saindo, lhe pedi que ficasse.

– Como vai ser? – perguntei, com as lágrimas correndo. – Como a gente vai fazer, sem ele?

– Não tenho a menor ideia, meu amor – respondeu com franqueza minha mãe, segurando a onda real, tentando disfarçar os olhos encharcados. – Mas, olha, a gente vai descobrir um jeito de seguir em frente. Juntas. E, de alguma forma, em algum momento, vai ficar tudo bem. Eu juro.

Ela se sentou ao meu lado na cama. Nos abraçamos.

– Se eu tivesse pedido para ele me levar no colégio, ele teria ido no seu carro... E estaria aqui com a gente agora. Se eu tivesse ficado do seu lado, ele nem teria comprado a moto... E aí ele não teria morrido.

– Pode parar! Me promete que você não vai se martirizar, pensando em "se isso", "se aquilo". Não vai trazer ele de volta e só vai te fazer mal. A verdade, Bel, é que era a hora dele. Nada que a gente tivesse feito diferente ia mudar essa triste realidade.

– Preciso trabalhar isso dentro de mim.

Ficamos um pouco em silêncio, de mãos dadas. Olhei para ela, que estava nitidamente destruída, dilacerada, mas incrivelmente firme, sem fraquejar, por mim.

– Eu te amo, mãe.

– Eu também, meu amor. Você é a melhor filha do mundo. E seu pai também achava isso, falava para mim todos os dias. – Mamãe deu uma leve pausa, seguida de um suspiro, acompanhado de um discreto sorriso: – Ele continua vivo, Bel. Em você.

Impossível não chorar. De novo!

– Ainda bem que eu tenho você, mãe.

– Você é a minha vida, Isabel.

O pranto estava rolando solto, nós duas abraçadas, praticamente enganchadas uma à outra, como se temêssemos também nos perder, quando Guga chegou de mansinho no meu quarto.

– Atrapalho?

– Lógico que não! – respondeu minha mãe, limpando o rosto e já se levantando. – Me ajuda a levar sua amiga lá para sala?

– Deixa comigo, tia.

– Pode ir, mãe. Eu só vou passar uma água no rosto, colocar o sapato e já desço.

– Está bem... Espero vocês lá embaixo, então.

Mamãe saiu e o Guga ficou na porta, pacientemente me esperando. Ele não ia arredar pé enquanto não fizesse o que tinha prometido à minha mãe. Bem típico dele.

– Obrigada, Guga.

– Pelo que? Tá doida?

– Por tudo. Por ontem. Por hoje. Por não ter largado minha mão um segundo sequer.

Aproveitando a deixa, assim que terminei de afivelar minha *Mary Jane*, Guga segurou minha mão.

– Eu estou aqui. E sempre vou estar.

Como não amar Gustavo Neves?!

– Cadê a Rafa? – perguntei.

– Está lá embaixo, ajudando sua mãe a fazer sala para a nossa galera. Aliás, sei que você não deve estar com cabeça para isso, mas o Chico tá aí e o Manoel também. Inclusive, eles estavam no cortejo no cemitério, não sei se você conseguiu ver todo mundo, no meio daquele monte de gente.

– Vi os dois lá, sim. Óbvio! – disse, com um sorriso maroto estampado no rosto. Guga ficou nitidamente feliz de me ver reagir.

– Eita, que até em enterros você acha os seus alvos no meio da multidão.

– Só você para me fazer rir hoje, menino! – Ele é bom nisso. Sempre me arrancando risos, quando o mundo me faz chorar. – Aliás, meu pai deve ter caído na gargalhada quando viu você jogando seu brinco no túmulo.

– Tudo para o tio Gael ter sempre orgulho de mim. Eu adorava aquele rabugento implicante, nem sei se ele fazia ideia do tanto. Vou morrer de saudade.

– Fazia, sim. E ele também adorava você.

– Vamos lá? Senão daqui a pouco vou começar a chorar e não paro mais – disse um emotivo Guga, se segurando para não deixar a peteca cair.

Nisso, meu telefone começou a vibrar. Era o Conrado.

– Preciso atender. Ele já ligou mais de dez vezes.

– Atende, eu espero. Ele está desesperado para falar com você.

Conversei rapidamente com o Conrado – o suficiente para chorar mais alguns litros. Queria ele aqui ao meu lado, não lá nos Estados Unidos. Mas nem tudo é como a gente quer. Se tem uma coisa que eu aprendi de ontem para hoje foi isso.

Agora, sem mais delongas, era hora de descer e encarar de frente minha nova realidade: a vida sem meu pai.

Trilha Sonora dos Capítulos XIII e XIV

1. Slipped Away – Avril Lavigne
2. Dance With My Father – Luther Vandross
3. These Dreams – Heart
4. Naquela Mesa – Nelson Gonçalves
5. The Show Must Go On – Queen
6. Return to Innocence – Enigma
7. True Colors – Cyndi Lauper
8. You Gotta Be – Des'ree
9. Smile – Michael Bublé
10. Brincar de Viver – Maria Bethânia

Capítulo XIII
O show precisa continuar

Nos dias que sucederam à morte de papai, passei por um turbilhão de emoções. Minha casa parecia uma eterna resenha, sempre cheia, ora de família, ora de amigos, numa rotatividade incrível, que fez a rotina sem ele não ficar tão pesada – pelo menos não nesse primeiro momento.

Quando as pessoas iam embora, no entanto, o bicho pegava, o choro vinha, o sono não e, quando eu conseguia enfim dormir, era cada sonho estranho, sempre com ele revoltado por ter morrido ou perdido em outra dimensão. Muito doido! – e muito doído.

Cada vez que o celular tocava perto dos horários em que meu pai ligava, por um segundo eu me esquecia de tudo que tinha acontecido e, iludida, atendia convicta de que ouviria a voz dele perguntando como a aula tinha sido. Sem falar que, vez ou outra, lá pelas sete da noite, me vinha o som da buzinada clássica que ele dava, quando chegava do trabalho em casa. Era uma espécie de assombração e tortura, fruto da imaginação de quem está sofrendo de saudade.

Fui aos trancos e barrancos semana afora, mal dormida, às vezes agitada, outras apática, mas, sem saber muito bem como, seguindo.

Chegou a hora da Missa de Sétimo Dia. Já do outro lado da rua José Linhares, perto do Bracarense, víamos as escadas da Santa Mônica tomadas. A igreja estava abarrotada, mal dava para entrar. Foi uma celebração linda, com direito a um coral maravilhoso.

Mas tudo absurdamente triste, pesado e muito doloroso. Saí de lá bem pior do que cheguei. Sem sombra de dúvidas, reviver todo aquele sofrimento, sentir a morte do meu pai tão palpável de novo, me fez dar alguns passos para trás.

Não tinha nem me recuperado totalmente da Missa ainda, acordei no domingo com o Guilherme, meu primo-irmão, filho do tio Gil, enchendo umas três malas com os ternos, camisas, gravatas, cintos e sapatos sociais do papai. Ah! E ainda estava levando as meias francesas e os lenços brancos de linho, com as iniciais dele gravadas – que eram a sua marca registrada. Por sorte, cheguei a tempo de guardar para mim o lenço que estava em uso, ainda todo perfumado, meio amarrotado, sobrevivente do acidente, porque, às sextas, meu pai não ia para o escritório de terno, então o lenço tinha ficado em casa.

Justiça seja feita, apesar de ser um pentelho marrento e, muitas vezes, bastante folgado, o Guilherme era um sobrinho querido, por quem meu pai nutria o maior carinho – e era um sentimento genuinamente correspondido. Advogado recém-formado, com um futuro promissor pela frente, meu pai sempre o ajudou em tudo no meio jurídico e, certamente, ia ficar bem contente da minha mãe tê-lo escolhido para herdar suas roupas de trabalho. Mas, cara, na boa, precisava ser tão rápido? Outra porrada. Juro, teria doído menos tomar um direto de esquerda do Anderson Silva. Parecia que eu estava vendo meu pai partir mais uma vez.

Para piorar, minha mãe aproveitou o ensejo para separar o resto das roupas. Algumas coisas ela mandou meu primo levar para o tio Gil, único irmão do papai. A grande maioria, porém, ela separou para doação. Guardei poucas peças que me lembravam dele e o vidro do perfume que a gente tinha comprado juntos, poucas semanas atrás. E era isso. Dez dias depois, até o armário dele já não existia mais.

A semana que se seguiu começou com um fluxo diferente. O ritmo das visitas foi caindo, cada vez aparecia menos gente – só o Guga que não me larga e a Rafa que, vez ou outra, dorme aqui em casa. Uma nova rotina foi pouco a pouco sendo desenhada.

Perdi um monte de aulas porque andava virando as noites acordada, às vezes de papo com o Conrado, outras simplesmente sem fazer nada, apavorada, com medo de cair no sono e sonhar com algo ruim, que me deixe ainda mais atordoada. Sem falar que acordar com um despertador furioso é muito complicado para quem se acostumou com um "– tá na hora, minha filha", sempre tão suave e amoroso.

Jantar à mesa simplesmente não rola mais. Era o momento mais família, onde a gente falava sobre o nosso dia, sempre com o Brownie e o Quindim esperando que algum de nós fizesse uma caridade, enquanto a Janinha tentava espantar eles de lá e perguntava a cada cinco minutos se estava tudo ao nosso gosto, sempre meio impaciente, mas com uma vontade infinita de agradar a todos.

Me mudei de armas e bagagens para o quarto da minha mãe. Fingi que era só por mim, mas a verdade é que nenhuma de nós duas quer ficar sozinha. E, de alguma forma, dormir no lugar do meu pai me conforta.

Não tem sido fácil. Mas à medida em que os dias vão passando, apesar de, para mim, o tempo parecer estar pausado, as coisas à minha volta não param de acontecer. Eu estava meio alheia a tudo, é fato, mas como diz a minha mãe, quando a gente tem dezessete anos, a vida nos convida (insistentemente) a viver.

O Chico andava diferente, embora tivesse me visitado direto e seguisse falando comigo todos os dias. O Manoel, surpreendentemente, quem diria, de vez em quando aparecia. Mas eu estava na minha. Ainda queria o Chico, não nego, só que sem tanto desespero.

Novo final de semana na área, trazendo novidades. Ia ter social na Aninha, para assistir ao vídeo da festa dela que tinha ficado pronto. Basicamente ela chamou só o pessoal que eu mais gosto, pois não admitia que eu viesse com desculpas fuleiras para deixar de ir. Ela me ligou a semana inteira, insistiu que eu fosse, me perguntou se eu queria chamar alguém de fora da escola (ou seja, Chico e Manoel devidamente incluídos na lista), disse que ia ser bom eu ver gente, mudar de ares. Como eu já mencionei, nunca fomos melhores amigas, mas sempre gostamos demais uma da outra.

– Animada para hoje? – perguntou minha mãe, dando uma pausa no livro da Isabel Allende que ela estava lendo, sentada na poltrona da varanda, enquanto eu pegava uma cor (estava literalmente transparente), deitada na espreguiçadeira da piscina.

– Sinceramente, mãe? Não sei. Acho que estou me sentindo meio culpada, sabe?

– Culpada de quê, Isabel? – perguntou, deixando o livro de lado e vindo em minha direção.

– Ai, mãe... Sei lá. Não tem nem vinte dias que o papai morreu. Ir para uma social? Já?

– Já? Ainda? Qual é o tempo certo? A pergunta aqui é outra: você quer ir? Vai te fazer bem?

Balancei a cabeça positivamente. Minha mãe, então, me fez sentar, se acomodou ao meu lado, sorriu e segurou a minha mão.

– Então, meu amor, vá sem culpa e se divirta.

– Mas e o papai?

– Bel, ir para uma festa, para uma boate, para a praia. Rir, dançar, paquerar. Isso não significa que você esqueceu ou superou o seu pai, meu amor. Significa apenas que você está TENTANDO retomar sua vida. – Ela parou por um instante, como se precisasse pegar um pouco de ar para não esmorecer e começar a chorar. – Apesar de toda dor, apesar de toda saudade, apesar de toda essa tristeza que você está sentindo, você TEM que tentar! Minha filha, seu pai só queria uma coisa na vida: ver você feliz. Faz isso por ele, tá?

Eu já estava aos prantos. Ela, como sempre, de fibra, lutando para segurar a emoção, mas sem conseguir disfarçar a maré alta em seus olhos. Nos abraçamos.

Em seguida, ela se levantou. Antes de voltar para a poltrona da varanda, no entanto, para aliviar o clima e me fazer corar, mamãe soltou uma piadinha tipicamente 'guguiana':

– Me diz aí, Chico e Manoel não saíram aqui de casa esses dias. Qual sua meta para hoje, mocinha?

– O Chico, é claro. – Dessa vez, depois de responder por impulso, fui eu que precisei respirar. – Quer saber, mãe? Para falar a verdade, eu não sei mais. As coisas deram uma mudada... Talvez a meta seja qualquer um dos dois, o que chegar primeiro. Ou, talvez, nenhum deles. Sei lá.

Rimos.

Minha mãe voltou à leitura, com um ar contente de quem tinha trazido um assunto leve e me feito sair daquele lugar cinzento em que eu estava. E foi bom mesmo. Tem uma hora que a gente precisa se esforçar para deixar de apenas sobreviver à morte e, da forma que der, voltar a viver a vida.

Capítulo XIV
Inversão de papéis

Lá estava eu, pronta para sair pela primeira vez desde a morte do meu pai. Tentei fugir do preto, para não ficar clichê demais o meu luto. Coloquei uma calça jeans azul escuro, um *body* branco e um camisão de *chamois* caramelo, cheio de franjas, que minha mãe me emprestou – uma bela forma de disfarçar meu quadril, vale dizer –, além da bota maravilhosa que a Rafa me deu de aniversário. Fiz uma maquiagem leve, mas que valorizava meus olhos, deixei o cabelo secar naturalmente, ou seja, estava liso escorrido (ou, como o Guga gosta de implicar, com cara de que a vaca lambeu) e era isso.

Na falta do meu pai, o tio Dario, pai do Guga, tranquilizou minha mãe de que ele iria levar e buscar a gente, respeitando o horário limite de sempre: três da manhã. Eu sei que, por dentro, o Guga devia estar pau da vida, uma vez que, antes disso, ele tinha liberdade total – afinal, ele já tem dezoito. Porém, pelo meu pai, ele aguentou esse retrocesso calado, de bom grado e fingindo estar super de boa com a situação.

Enfim, estava tudo certo, no esquema, organizado, mas tinha alguma coisa me incomodando. Não conseguia identificar o que era. Sabia que não se tratava de culpa, o papo com minha mãe mais cedo foi muito bacana e me tranquilizou total em relação a isso. Eu estava animada para reencontrar o pessoal em uma situação normal, não fúnebre. Cara, o que seguia me angustiando tanto e me deixando tão desconfortavelmente inquieta, então?

Para tentar decifrar essa charada, resolvi fazer uma chamada de vídeo com o Conrado. Desde a morte do meu pai não tínhamos mais uma hora certa, nos falávamos várias vezes por dia, a qualquer momento, mesmo de madrugada – principalmente depois que acabaram as aulas dele, semana passada. Inclusive, isso me faz lembrar que era para ele estar chegando amanhã. Mas, não! Vai ficar uma eternidade a mais por lá, no cafundó dos judas dos Estados Unidos, na fazenda dos avós da Kate. O ranço que eu sinto por essa garota é uma coisa infinita.

– Fala, Bebel! O que você manda?

– Minha mãe me convenceu a ir à social da Aninha.

– Que ótimo! Por isso está toda gatona assim, então.

Sorri.

– Eu sei que vai ser bom para mim, eu estou feliz de estar indo, mas alguma coisa não está me deixando em paz.

– Como assim, Bel?

– Sei lá, é como se tivesse alguma coisa errada, sabe? Apesar de não ter.

– Você só está estranhando todas essas mudanças que você vem passando. Primeira vez que você vai sair depois de tudo.

– Não, não é isso.

– Primeira vez que o tio Gael não vai bater ponto na saída da resenha para te buscar – brincou ele.

– Não, definitivamente não é isso – disse, sorrindo.

– Primeiro passo que você está dando de volta à sua vida de sempre.

– Não...

– Garanto que é por aí... Relaxa, vai e se diverte.

– Foi basicamente isso que minha mãe me disse também.

– E ela, como anda?

– Na dela, quieta, forte, mas em algum momento sinto que ela vai desabar.

– Faz parte. Se tinha um casal feliz nesse mundo, esse casal era tia Fernanda e tio Gael. Mas ela também precisa voltar a viver... Você tem que ajudar ela com isso.

– Verdade. Eu ando meio egoísta. Larguei a Rafa e os problemas dela com o Heitor de mão. Não tenho perguntado para o Guga como anda a vida dele. Tenho tido zero interesse nos seus planos de viagem com essa menina. Nem tenho pensado muito na dor da minha mãe, que também perdeu meu pai. Vou rever essa postura. Não posso virar o rei-sol só porque sofri esse baque.

– Acho super justo você passar por essa fase de Bebelcentrismo. E tenho certeza de que todo mundo está entendendo perfeitamente isso. Mas, para ser sincero, acho que voltar a se interessar pela vida dos outros vai inclusive te ajudar a lidar melhor com seus próprios problemas.

– O que seria de mim sem você?

– Deixa de bobagem.

– Vem cá, que lugar é esse? Onde você está?

– Tipo uma sala vip aqui do aero de Richmond. Estou esperando o voo para a cidade dos avós da Kate, no Arkansas.

– Vocês não iam de carro?

– Muito longe. Mais de quatorze horas de estrada. Quando chegarmos lá, aí sim vamos rodar a região. Inclusive vamos conhecer a casa do seu amado Elvis.

– Entendi. Boa viagem, tá? Ainda não me conformei que você não vai mais chegar amanhã, mas quero que você aproveite muito por lá e me traga algum presente de *Graceland*.

Rimos.

– Deixa comigo. E se serve de consolo, me arrependi real de ter estendido a viagem. Mas quando eu poderia imaginar que uma parada dessa ia acontecer com você, né?!?

– Relaxa. Vai passar rápido, se Deus quiser.

– E até lá a gente vai se falando direto por aqui. Vai dar certo.

– Vai, sim. Bom, deixa eu ir. Amanhã eu te conto como foi.

– Combinado. Divirta-se. E tira essas minhocas da cabeça.

Desligamos e fiquei reflexiva. De repente, me dei conta do que estava me deixando tão agoniada. Depois de dezessete anos com meus pais sempre preocupados em não me deixar sozinha quando eles saíam, eu ia para uma festa, ignorando completamente o fato de que minha mãe ficaria completamente só em casa, justo em um momento tão delicado.

Já não sabia mais se era uma boa ideia eu me meter na resenha da Aninha nesse contexto. Acabou o clima. No que eu fui mandar mensagem para o Guga e desmarcar, tocou o interfone. Ou seja, ele e tio Dario já estavam aqui para me buscar. Que sinuca de bico! Desci, meio sem saber o que fazer.

Qual não foi minha surpresa quando, ao invés de encontrar os dois me esperando, me deparei com tia Regina e tia Rosa entrando portão adentro, com vinhos e belisquetes na mão. Minha mãe chamou as melhores amigas para ficarem com ela, já que eu ia sair. Foi um alento. Meu coração acalmou na hora.

Nós duas. Cada uma do seu jeito. Ambas tentando seguir em frente.

Trilha Sonora dos Capítulos XV e XVI

1. I'm Alive – Electric Light Orchestra
2. Somebody That I Used to Know – Gotye (feat. Kimbra)
3. Bad Blood (Taylor's Version) – Taylor Swift
4. Bad Boy – Miami Sound Machine
5. I Want It That Way – Backstreet Boys
6. Into You – Ariana Grande
7. The Sound of Silence – Simon & Garfunkel
8. Against All Odds – Phil Collins
9. A House Is Not a Home – Glee Cast
10. There's Never a Forever Thing – a-ha

Capítulo XV

As voltas que o mundo dá

Que Deus me perdoe, mas foi bom demais chegar em um apartamento cheio, alegre, com música rolando, gente rindo e se divertindo. Não que eu estivesse exatamente nesse clima, mas foi revigorante lembrar que há vida, além do meu sofrimento. Que, em algum momento, eu vou estar pronta para tudo isso outra vez.

Depois de semanas trancafiada em casa, com poucas idas à escola, eu já estava ficando pirada – e nem tinha me dado conta disso. De dia, ainda vai, tem o sol, o jardim, os cachorros brincando, gente visitando. Agora, à noite, é um terror. Um silêncio ensurdecedor, os cômodos fazendo eco de tão vazios, uma penumbra de tristeza no ar. Parece que meu pai levou junto com ele o que fazia dali o nosso lar doce lar.

Bom, mas a hora é de animação, não de lamúrias e lamentos. Voltemos ao entretenimento.

Como a Aninha havia me prometido, de fato, todos os rostos que estavam lá eram conhecidos e queridos. Tudo bem que a desculpa para a social foi assistir ao vídeo da festa, mas nitidamente o motivo maior era criar um ambiente acolhedor para mim. Que delícia receber esse carinho!

O Chico chegou com a Rafa. Lindo como sempre, um *lord* como de costume, mas mantendo uma distância que não havia antes, pelo contrário. Até aqui, eu não sabia se ele estava diferente só lá em casa, quando me visitava, e mesmo nas nossas mensagens diárias, por conta de tudo que eu estou lidando, ou se seria sempre assim daqui para frente, em qualquer ambiente, sem gracinhas, flertes ou reforço de convites para o cinema ou para jantar. Então, hoje, veio a resposta: ele deixou bem claro que nada mais vai rolar. Acho que, com a morte do meu pai, ele achou melhor me colocar na *friendzone*, do que correr o risco de me magoar.

Fiquei decepcionada, claro. Bateu uma tristeza mundana. Por conta disso, o Guga está com ódio do cara e cismou que a Rafa sabe de alguma coisa, mas não quer me contar. Na verdade, ele já tinha cantado essa bola antes, logo depois de uma visita gelada do Chico lá em casa, que me deixou totalmente confusa e insegura, mas não gerou qualquer tipo de reação da Rafa – o que, convenhamos, foi bastante esquisito.

Assim, bastou o mineiro sair de perto para pegar uma bebida, o Guga e a Rafa começaram a se estranhar.

– Na boa, Rafaela, fala de uma vez. O que aconteceu para esse Zé Mané mudar de atitude assim? É óbvio que você sabe, vive grudada nele, veio hoje com ele, claro que ele deve ter te contado.

– Quando você mete uma coisa nessa sua cabeça dura não há Cristo que tire, né, Gustavo? Já disse e vou repetir pela enésima e última vez, eu não tenho nada para falar.

– Gente, vocês podem parar?! Ele perdeu o encanto com tudo isso que aconteceu. Só isso. E vamos combinar? O Chico é areia demais para o meu caminhãozinho, mesmo. Deixa para lá.

– Areia demais, porra nenhuma, Isabel. Não é sobre isso. Para de falar merda. – Rafa se enfureceu. – Eu jurei para mim mesma que eu não ia contar nada agora. Não por ele, mas pelo seu bem-estar. Já basta o que você está passando, não precisava ter mais esse dissabor. Mas, depois dessa, dane-se, eu vou falar.

– Eu não disse que ela sabia de alguma coisa?!? – provocou Guga.

– Na festa da Aninha, quando eu disse que você não ia porque estava doente, repetindo a mentira que o Gustavo tinha me contado – retrucou a Rafa, enfática, no que foi imediatamente interrompida pelo Guga.

– A pedido da Bel, que queria ver você feliz e aproveitando a festa.

– Surreal você ter acatado um pedido desses, Gustavo. Na boa. Mas eu não quero mais falar sobre esse assunto com você, combinado? – pontuou Rafa, com a voz em um tom acima.

– Você pode, por favor, terminar de contar a história, amiga? – pedi.

– Então. O Chico ficou bolado de você não ter avisado a ele que não ia poder ir à festa. Na cabeça dele, foi como se você tivesse dado um bolo nele no primeiro *date* oficial de vocês. Confesso, eu já tinha achado muito estranho o Gustavo ter me contado que você não ia porque estava doente. O normal seria você ter me mandado mensagem ou me ligado. Quando o Chico me disse que você também não tinha falado com ele, fiquei com a pulga ainda mais atrás da orelha. Mas, enfim. O fato é que ele bebeu todas, estava decepcionado, magoado, soltinho... Aí, adivinha quem se aproveitou dessa situação?

– Letícia! – falamos em coro, Guga e eu.

– A própria.

– Não se pode nem mais velar o pai em paz – lamentei, com ódio.

– Eles ficaram? – quis saber o Guga.

– O que você acha? Claro, né! Essa menina não perde tempo.

– E por que você não me disse nada? – questionei.

– Eu ia na sua casa no dia seguinte para contar, mas aí o Gustavo trouxe a verdade dos fatos e eu achei que, naquela altura do campeonato, dane-se com quem o Chico tinha ficado.

– Mas você podia ter contado para ela depois – incitou um magoado Guga.

– Podia. Mas escolhi não contar por ora. Resolvi esperar a poeira baixar. Achei que era o melhor para ela.

– Você realmente achou que era melhor para mim continuar me iludindo com um cara que, na primeira oportunidade, deu uma mancada desse nível, Rafaela?

– Bel, achei que era melhor você não ter mais nenhum motivo para ficar infeliz. Só isso. E como ele próprio se afastou, porque está cheio de culpa e remorso, tive mais certeza ainda da minha escolha. Sabendo que ele não ia tentar nada, não tinha a menor chance de você se envolver com ele em um momento de fragilidade, sem saber da verdade, e sair ainda mais ferida de todo esse imbróglio. Se ele não tivesse recuado, sim, eu teria contado. Mas não foi o caso.

– O pior é que eu não concordo, não teria agido assim, mas entendo o seu ponto.

– Deixa de ser tão compreensiva, Isabel. Óbvio que a Rafaela tinha que ter contado tudo. O cara não só pisou na bola, como fez você se sentir rejeitada numa hora dessas.

– Você adora colocar fogo no parquinho, né, Guga?! – disse, rindo. – Mas eu realmente estou de boa no geral, só tem uma coisa me incomodando.

– O quê? – quis saber Rafa.

– Amiga, você não sentiu nenhuma raiva dele? Pegar logo a Letícia, sabendo de todo o histórico, só porque, em tese, eu estava doente e não pude ir na festa? Sei lá. Nisso, eu concordo com o Guga, você está unha e carne com ele, apesar de tudo – desabafei.

– Bel, na boa. Se coloca no lugar do Chico. Você marca com ele depois de se falarem todos os dias por semanas, vocês fazem planos, daí, do nada, você não só fura, como não dá nenhuma satisfação para ele. A notícia que ele tem vem por terceiros – e isso dói, tá? Digo em causa própria. Enfim, inverte os papéis. Qual teria sido a primeira coisa que você ia fazer se fosse o contrário?

– Ia atrás do Manoel.

– Então... Foi legal o que ele fez? Não. Na hora eu quis matar ele? Sim! Porque eu te amo e você é minha melhor amiga. Mas eu sei que ele cometeu um erro que nós três já cometemos igual em situações parecidas. Foi humano, instintivo, na mágoa, por impulso, por vingança – e indiscutivelmente errado, mas compreensível.

Se instalou um silêncio momentâneo. Acho que, tanto eu quanto o Guga, estávamos ponderando, pensando no que a Rafa tinha dito, tentando vestir o sapato dela e o do Chico. Porém, pelo visto, ela encarou a falta de respostas como um julgamento e logo se pronunciou.

– Bom, gente, querem me odiar, me odeiem. Querem me culpar, me culpem. Me crucifiquem. Eu fiz o que meu coração mandou em todos os sentidos e estou tranquila em relação a isso.

– Eu não te odeio, não, Rafa. Na verdade, acho que consegui entender até o lado do Chico – embora eu esteja com muita raiva dele para assumir isso. Eu não devia ter mentido. Se eu tivesse falado a verdade, nada disso teria acontecido.

– Nisso, eu tenho que concordar, Bel. Aliás, Rafa, eu não queria ter escondido nada de você, só quis respeitar o que ela me pediu em um momento daqueles. Foi mal aí por isso.

– Faço minhas as palavras da Bel: não concordo, não teria agido assim, mas, no fundo, eu entendo você ter atendido ao pedido dela. Tudo certo, Guga. No meio desse caos, isso é o que menos importa.

Com as verdades todas expostas, tudo esclarecido, pazes seladas, perdões concedidos, Chico de lado, nitidamente se sentindo excluído do nosso trio – embora cercado por um séquito feminino, era hora de ver o bendito vídeo. Fomos nos espalhando pelos sofás e almofadas, até que, como quem não quer nada, Manoel – que eu nem vi chegar –, se sentou ao meu lado.

– Tem alguém aqui? – perguntou, já instalado no lugar, com aquele sorriso irresistível que, literalmente, me faz aprender Física na prática.

– Não, pode ficar – respondi, já sentindo o calor latente do efeito Manoel mudando o estado físico do meu corpo que, de tão quente que estava, quase passou direto do ponto de fusão para o de sublimação.

Com o aval dado, senti Manoel se aconchegando, passando o braço em volta do meu ombro, deixando claro que estava interessado e muito mal-intencionado. Mal não, né? Bem!

– Feliz de ver você de volta, com a galera. Como você está se sentindo?

– Sinceramente, hoje de manhã não sabia nem se eu ia conseguir vir. Mas foi só entrar aqui, para eu entender que vou precisar disso, sabe? Da rotina antiga, da alegria e da companhia dos meus amigos, para sair desse lugar escuro que eu ando. Está sendo meio estranho estar em um ambiente festivo, mas muito bom ao mesmo tempo.

– Eu super te entendo. Você sabia que meu pai se mandou quando eu tinha seis anos?

– Não sabia disso... Caramba, Manoel! E você nunca mais falou com ele?

– Acho que, se pá, umas cinco ou seis vezes, se tanto. Mas sempre jogo muito rápido. Depois que minha mãe começou a correr atrás de pensão para mim, então, aí ele sumiu de vez.

– Nossa! Não sei nem o que dizer.

– Cara, eu nunca comento essa parada com as pessoas. Coisa muito minha. Mas eu quis te contar por que eu conheço bem esse lugar escuro que você falou. Queria que você soubesse que não está sozinha.

Fiquei com os olhos cheios d'água. Quem diria, o papo mais cabeça da noite ia ser justo com o Manoel.

– Obrigada por compartilhar isso comigo. De verdade. Mesmo nossas dores não sendo idênticas, elas vêm de um mesmo lugar, né?

– Total. A diferença é que você é órfã de pai morto. Eu sou órfão de pai vivo. Na real, acho que você está melhor do que eu.

– Pior que é verdade... Nossa!

– Papo brabo, né? – disse Manoel rindo, mas com cara de quem estava se segurando para não chorar.

Deitei a cabeça no ombro dele, que continuava me envolvendo com seu braço. Demos as mãos. Nos olhamos, rimos um para o outro, ambos mexidos com aquela conversa.

– Adorei que você veio, Bel.

– Adorei encontrar você aqui.

Nem preciso dizer que, depois disso, foi um beijo atrás do outro, né? E, dessa vez, talvez por causa do que falamos antes, talvez por ele ter sido tão presente quando eu mais precisei, talvez por eu estar começando a conhecer de verdade o Manoel, foi tudo muito mais intenso. Até tentamos assistir ao vídeo, mas simplesmente não deu. Decidimos, então, sair dali para não atrapalhar os outros.

Fomos para o sofá da varanda, que também estava com as luzes baixas, seguindo o clima intimista de cinema da sala. Juro, me bateu até culpa do meu pai estar testemunhando tudo aquilo lá de cima. Era cada beijo, cada pegada boa, umas mãos bobas de leve, tudo com carinho, mas com muita vontade. Não dá nem para descrever como foi sensacional! Isaac Newton que lute para explicar como, quando a gente está junto, dois corpos conseguem ocupar o mesmo lugar, ao mesmo tempo.

De repente acenderam as luzes, o vídeo tinha acabado. Me levantei no susto. Estávamos nós dois, Manoel e eu, todos amassados, descabelados, não deixando dúvidas de que o negócio tinha sido bom. Só fazíamos rir um para o outro, meio sem graça, de mãos dadas, com uma cumplicidade que eu nunca tinha sentido antes – nem com ele, nem com ninguém.

– Vou no banheiro rapidinho. Já volto – me disse ele.

Aproveitei para ir dar uma circulada. Não vi o Chico pela sala. Aliás, tampouco a Rafa. O Guga estava com a Aninha, em uma poltrona lá longe, também desgrenhado e com o rosto todo sujo de batom.

– Gostou do vídeo, Guga? – perguntei, zoando, quando ele se aproximou.

– Muito. E você, Bel? – Quem tem teto de vidro é imediatamente zoada de volta, né?

– Espetacular!

Caímos na gargalhada.

– Você sabe da Rafa? – perguntei.

– Foi embora de mansinho.

– Com o Chico?

– Não. Um pouco depois dele. O Chico se mandou no exato momento em que você e o Manoel se beijaram. Antes, quando vocês estavam grudados, mas só de papo, o mané já estava acusando o golpe, todo cabisbaixo. Pelo visto, o mineiro se doeu hoje.

– Bem-feito! Não pegou a Letícia? Agora aguenta.

Chegou uma mensagem no celular do Guga.

– É a Rafa?

– Claro que não, Bel! Depois de todo aquele bate-boca? Tá doida? É meu pai. Está chegando em dez minutos.

– Caraca, já são três horas? Nem vi o tempo passar.

– Manoel operando seus milagres.

– Bem isso... – ri.

– Mas não se esquece que ele é santo do pau oco, o milagre dele dura pouco, tem efeito Cinderela. Não se empolga muito, para não ficar mal depois.

– Aff! Você e seus baldes de água fria... Deixa eu ir lá me despedir dele, antes que ele vire abóbora.

Guga riu. Se amarrou na piadinha infame. E a verdade é que eu já sei muito bem que criar expectativas com o Manoel é furada – muito embora, não vou negar, achei que hoje foi mais promissor do que os outros dias. Bom, ainda que eu me lasque depois, eu estava precisando de uma noite dessas. E como estava!

Capítulo XVI
Lar amargo lar

Quando entrei em casa, tirando o estardalhaço dos cães, o que se ouvia era apenas o vácuo de um silêncio gritante. Na sala já estava tudo arrumado, luzes apagadas e nenhum sinal de que tia Rosa e tia Regina tinham passado por lá.

Minha mãe, no entanto, se encontrava sentada no sofá me esperando, quieta, quase que camuflada naquele breu. Quando me deparei com o vulto dela, tomei um baita susto!

– Caraca, mãe! Quer me matar do coração?!? – reclamei, enquanto acendia o abajur da mesa de canto.

Ela estava com o rosto inchado, os olhos mal abriam. Nitidamente tinha chorado, e muito! Quiçá, a noite inteira. Sentei-me ao lado dela, nos abraçamos rapidamente e, em vão, ela tentou fingir que nada tinha acontecido.

– E aí, filhota, como foi a festa? Se divertiu? – perguntou, forçando um sorriso no rosto, que não cabia ali.

– A festa foi ótima! Me fez um bem danado ter ido. Mas, pelo visto, a sua noite não foi legal...

– Foi, sim! Estar com as meninas aqui, rindo, jogando conversa fora, falando sobre coisas banais do dia a dia, me deu uma sensação de normalidade, sabe? Por um instante, eu meio que me esqueci de tudo que a gente está passando e achei que seu pai estivesse lá em cima me esperando, exatamente como ele costumava fazer quando elas vinham aqui. Foi uma sensação tão boa!

– Então por que você está com essa cara, mãe?

– Ai, Bel... Bastou elas saírem por aquele portão para a melancolia que anda ecoando nessa casa sugar todas as minhas energias. Aí, de repente, me dei conta de que minha vida nunca mais vai ser a mesma de novo. E eu amava a minha vida exatamente como ela era!

Mal terminou a frase, minha mãe caiu em prantos.

– Desculpe, minha filha, eu tenho tentado ser forte por você, mas hoje a realidade passou por cima de mim que nem rolo compressor.

Tratei de abraçar minha mãe bem apertado.

– Pelo amor de Deus, mãe, não fica guardando as coisas. Sofrer em silêncio deve ser horrível! Não fui só eu que perdi meu pai, você também perdeu seu marido.

– Perdi o amor da minha vida, filha. Meu melhor amigo.

– Então... Tem que botar para fora, mesmo! Chora, grita, quebra tudo. Eu sei que você quer me proteger, mãe. Só que nós duas perdemos nosso porto seguro. Então, sim, agora é você por mim. Mas também sou eu por você. Estamos juntas nessa, tá?

– Para sempre, meu amor. Para sempre.

De mãos dadas, ali ficamos por alguns instantes, eu e ela, pensativas, sem dar um pio, sentadas no sofá. Aos poucos, ela foi se acalmando.

– Mãe, e se a gente se mudasse? – perguntei, com uma certa cautela.

– Sabe que eu pensei nisso hoje?! Estava arrumando as coisas, depois que as duas foram embora, aí foi me dando um desespero, uma falta de ar e, no meio do meu caos mental, sair daqui passou pela minha cabeça. Mas achei que você não ia querer de jeito nenhum.

– Eu amo essa casa.

– Eu também, filha.

– Mas, sei lá, mãe. É como se, aqui, o buraco no estômago que eu ando sentindo ficasse ainda mais forte. Fica tudo mais pesado. Cada canto dessa casa tem um pouco do papai.

– Um pouco? Essa casa é toda o seu pai. É impressionante!

– Pois é. Por isso eu pensei que, longe daqui, talvez ficasse menos difícil.

– Pode ser uma boa ideia, sim. Até porque manter essa casa é uma fortuna e, sem o seu pai, vai ser um sufoco. Não sei se dou conta sozinha.

– Vamos ver isso, então?!

– Vamos, sim.

Me aninhei no braço da minha mãe, que recostou a cabeça dela na minha. Ficamos nessa posição esdrúxula, contemplando aquele cenário de tantos momentos absurdamente felizes e inesquecíveis, já em tom de saudade e despedida.

Trilha Sonora dos Capítulos XVII, XVIII e XIX

1. Rise Up – Andra Day
2. Dentro de um Abraço – Jota Quest
3. You Came – Kim Wilde
4. Bad Romance – Lady Gaga
5. Gravity – Sara Bareilles
6. The Fate of Ophelia – Taylor Swift
7. Closing Time – Semisonic
8. Fico Assim Sem Você – Claudinho & Buchecha
9. Domingo – Titãs
10. Through the Dark – One Direction

Capítulo XVII
Quem é vivo sempre aparece

Domingo. Dia da semana mais difícil sem meu pai.

Fiquei enrolando na cama enquanto deu, antes de acordar oficialmente, postergando conscientemente o inevitável: a necessidade de encarar que não vai ter mais cheiro de pão quente de manhã, nem a saga de esperar a Fórmula 1 acabar para poder sair de casa, tampouco meus amados almoços no clube ou nossos animados lanches vespertinos, driblando a depressiva espera pela segunda-feira.

Aproveitei meu momento preguiça para tratar de saber que fim levou a Rafa ontem. Mandei mensagem, enviada e não entregue. Liguei, telefone desligado ou fora de área. Onde será que essa menina se meteu?

Coincidência, ou não, depois de um longo período, hoje, pela primeira vez, também não teve bom dia do Chico. Hum... Isso está estranho. Será que eles estão juntos em algum canto?

Óbvio, tratei de aguçar o assunto com o mais pilhado dos seres, Gustavo Neves.

Bel: *Tem certeza de que a Rafa e o Chico não saíram juntos ontem? Ele não me deu bom dia e ela está sumida.*

Não demorou nem trinta segundos para o Guga responder.

Guga: *Não surta, Isabel! A Rafa anda misteriosa, mesmo. Fato. Mas depois daquele discurso de ontem, seria MUITA hipocrisia da parte dela te sacanear com o Chico.*

Bel: *É... Ela jamais faria isso. Principalmente agora.*

Guga: *Também acho. O cara não mandou mensagem porque você pegou o outro maluco na cara dele. E a Rafa está desaparecida porque ela está aprontando alguma que não quer que a gente saiba. Só isso.*

Bel: *O que deve ser? Ela sempre me conta tudo!*

Guga: *Nem sempre... Chico e Letícia, por exemplo, ela não contou.*

Bel: *Mas teve um motivo bem específico.*

Guga: *Vai ver, agora também tem. Não dá para saber...*

Fiquei encucada. Mandei outra mensagem, liguei mais umas duas ou três vezes, nada. Tentei até o telefone fixo da casa da Rafa, mas ninguém atendeu. Preocupação veio, só que eu não tinha muito o que fazer, senão esperar ela resolver dar notícias. Então, tomei coragem e, enfim, me levantei da cama.

Abri a cortina e, apesar de tudo, o sol estava lá, convidativo, tentando espantar a tristeza do vazio lancinante de mais um domingo sem ele. Coloquei um biquíni e decidi aproveitar aquele dia lindo para continuar a tirar o mofo acumulado.

No entanto, foi só eu chegar no banheiro e me olhar no espelho, para minha programação imediatamente mudar. Me deparei com um roxo gigantesco no pescoço, fruto do furor maravilhoso da noite passada. Ou seja, sol a pino e eu obrigada a encarar uma gola rolê para disfarçar o souvenir que o Manoel deixou marcado em mim – ok, ok, valeu muito a pena mesmo assim.

Mudei de roupa e desci. Queria ver se minha mãe estava melhor. Ia propor darmos uma volta no shopping ou irmos ao cinema, sei lá, qualquer coisa que tirasse ela de casa. Porém, Dona Fernanda já tinha outros planos. De olho no notebook, com vários *sites* de busca de imóveis abertos e, do lado, uma listinha com o endereço de alguns que ela tinha gostado mais, para tentarmos visitar.

Definido nosso programa de domingo, passamos algumas boas horas nessa função. No entanto, não encontramos nada que nos empolgasse. Vai ser complicado abrir mão da nossa casa, tão espaçosa e confortável, feita sob medida para a gente, por um lugar apertado e impessoal, substituir nosso jardim por uma varanda que mal cabe o Brownie e o Quindim. Enfim.

Voltamos meio desanimadas, mas ainda convictas de que uma mudança de cenário nos fará bem. Chegando, notamos um carro estacionado bem em frente à nossa garagem. Estava ligado, com um homem dentro, como se esperasse alguém pelas redondezas. Mamãe buzinou de leve para ele sair dali, enquanto eu já fui indo abrir o portão, como de costume. Ouvi apenas o motor desligando, a porta batendo e, de repente, do nada, duas mãos taparam meus olhos.

Por um instante, achei que era o Manoel me surpreendendo, depois de uma ficada tão boa. Porém, acreditem, dessa vez, só para variar um pouco, a realidade superou as expectativas e o meme ficou para trás.

– Quem é? – perguntei, tateando aqueles dedos longos, gordinhos e macios, que me soavam familiares.

– Adivinha!

A voz. Essa, sim, inconfundível.

– Conrado? – perguntei, surpresa, sem conseguir disfarçar a emoção que tomava conta de mim.

No que ele destampou meus olhos, me joguei em um abraço muito apertado, cheio de saudade. Foi impossível segurar o choro – que, dessa vez, depois de longo e tenebroso inverno, nada tinha a ver com tristeza. Muito pelo contrário! Meu coração estava acelerado. O dele também. Ficamos ali, em silêncio, vivendo a intensidade daquele momento. Dentro de mim, um mix de sentimentos eclodia. Mas o principal deles: nada, absolutamente nada, poderia ter alegrado mais o meu dia do que ele ter voltado.

– Crianças, está a coisa mais linda assistir a esse reencontro. Mas topam continuar lá dentro? Preciso entrar com o carro – disse minha mãe, cortando o clima real. Mas, ok. Obedecemos.

Já na sala, depois de Dona Fernanda também ficar meia-hora abraçando e alugando o pobre do Conrado, enchendo o moleque de perguntas, querendo saber cada detalhe dos últimos seis meses da vida do menino, conseguimos, finalmente, um tempo sozinhos.

Surpreendentemente, no entanto, algo raro, diria eu, inédito, aconteceu. O silêncio tomou conta do ambiente, como se o Conrado e eu fôssemos dois estranhos sentados naquele sofá. Achei por bem começar a puxar papo, afinal a curiosidade estava me corroendo por dentro.

– Por que você voltou antes?

– Eu não voltei antes. Voltei exatamente no dia em que eu já ia voltar – respondeu ele, todo malandro, rindo, mas sem ajudar muito na construção de uma conversa normal. Então, insisti.

– Você entendeu, palhaço! E a fazenda dos avós da menina? E a *road trip*? *Graceland*?

– Quando soube do tio Gael, na hora, vi a cagada que eu tinha feito de mudar minha passagem. Eu te disse isso ontem, não disse? Eu estava com saudade de casa, você estava mal, precisando de mim aqui... E, cá entre nós, a Kate era maneira, mas grudenta demais às vezes, a viagem com ela ia ser muito chata.

Rimos os dois. Tenho a nítida impressão, inclusive, de que me excedi nas gargalhadas, de tão feliz que fiquei com o que tinha ouvido – essa menina não me desce, não tem jeito. Mas tudo certo, ele não se chateou. Aliás, se bobear, nem notou. Ao menos, a interação entre a gente estava um pouco menos vaga, mesmo que ainda meio esquisita.

Persistente que sou, segui com a conversa.

– E por que você não me contou que tinha desistido de ficar mais um século lá?

– Exagerada! Iam ser só mais seis semanas.

– *Whatever*, Conrado, por que você não me contou? – Já estava ficando irritada dele não me dar gancho para engatar outro assunto ou aprofundar algum tema, como era habitual entre a gente.

– Bebel, foi uma confusão para o meu pai conseguir remarcar de novo a passagem. Ele só confirmou que tinha dado certo na quinta passada. Aí faltava tão pouco, que realmente resolvi fazer surpresa. Não gostou?

– Está doido? Eu nem sabia que precisava tanto de você aqui – disse, com os olhos mareados, dando um abraço nele de lado, torto, meio desajeitado, que deixou à mostra a marca de gado que o Manoel gravou no meu pescoço. Dessa vez, foi ele quem riu descontroladamente.

– Agora que eu entendi você com essa roupa de frio, nesse outono abafado do Rio de Janeiro! – me sacaneou o safado.

– Foi o Brownie, hoje mais cedo, brincando comigo... – tentei colocar panos quentes.

– Aham, sei... Fala logo! Foi o tal do Chico? Conta aí da festa de ontem. Me enchendo de perguntas, só escondendo informação – disse, rindo de se balançar.

E, assim, bastou eu dar uma derrapada de leve, para, em um passe de mágica, tudo voltar ao normal. Nossa amizade continuava a mesma de sempre: boa, real, viva, cheia de senso de humor e lealdade, com espaço para desabafos, coisas sérias, segredos bem guardados, além de muita zoação e brincadeira nos tempos vagos.

Capítulo XVIII
Sempre com emoção

Conrado e eu perdemos a noção do tempo. Ficamos ali, tarde adentro, falando de tudo e de todos, daqui e de Richmond, como se não tivéssemos conversado diariamente, enquanto ele esteve fora. Definitivamente, *in loco*, é outra coisa! Por vídeo, a gente resume os assuntos sem perceber. Pula detalhes, deixa escapar outros. Não tem a coisa do toque, do olho no olho, que nos estimula a contar algo mais íntimo, mais secreto, mais nosso. Sei lá. Só sei que ter meu amigo de volta é bom demais!

Já eram quase oito da noite quando minha mãe desceu as escadas junto com os cachorros, super bonita, usando um conjunto de malha casual chique, elegantíssima, e pediu nossa ajuda para colocar a mesa. Ela tinha encomendado várias pizzas do clube e chamado tia Regina e tia Rosa para comer com a gente, além do Guga e da Rafa que, aparentemente, tinham me mandado mensagem e me ligado a tarde inteira, tendo sido ignorados, já que eu nem sabia por onde andava meu celular.

Era a primeira vez, desde a partida do papai, que íamos comer na mesa da varanda, usando nossa clássica toalha xadrez, vermelha e branca. Certeza, lá de cima, ele está gostando disso.

Tudo pronto, enquanto as pizzas e o resto dos convidados não chegavam, deixei o Conrado de papo com a minha mãe e fui catar meu celular. Sem som, de fato, não tinha como eu ter escutado nenhuma notificação das mais de oitenta mensagens trocadas no meu grupo com o Guga e a Rafa, nem as várias ligações perdidas dos dois.

Agora, sinceramente, preferia ter continuado sem ter visto nada, porque ler que a Rafa voltou com o Heitor é de doer. Na boa, juro, preferia que ela estivesse tendo um rolo com o Chico do que isso. Seria um motivo mais bacana para os mistérios dela e para o chá de sumiço. O pior é que o Guga já descascou a garota que, ao invés de cair em si, defendeu aquele nojento com unhas e dentes. Chocada estou!

Em tempo: Manoel continua o mesmo, nem sinal de vida. E o Chico, sem boa noite, sem boa tarde, nem bom dia.

Quando eu ia começar a mostrar as mensagens para o Conrado, o interfone tocou. Eram as amigas da mamãe e o Guga. Enquanto eu cumprimentava tia Rosa e tia Regina, escutei meu nome na conversa ao lado...

– Agora tá explicado o motivo de Dona Isabel ter me ignorado o dia inteiro! O *bestie* dela voltou à baila – disse um enciumado Guga, enquanto dava um abraço demorado e sincero no Conrado. Fato, o Guga se amarra nele e achou massa ele ter voltado.

– Deixa de ser ridículo, Gustavo. Meu celular só estava no silencioso...

– Tô zoando, Bel. Se você não tirasse o dia para curtir o gringo hoje, eu brigava com você – disse, arrancando risos de todos. – Até porque, cá entre nós, hoje foi foda. Rafaela está perdidinha.

– Eu vi.

– Vocês podem me atualizar, por favor! – pediu o Conrado.

No que o Guga nos puxou para as espreguiçadeiras da piscina e ia começar a falar, o interfone tocou de novo. Era a Rafa. Ela entrou, deu um abraço carinhoso no Conrado, cumprimentou minha mãe e as amigas e voltou para se sentar com a gente, toda na retranca.

– E aí, Gustavo, já meteu o malho em mim para a Bel e o Conrado?

– Não. A Bel leu tudo. O gringo tá boiando.

– Conrado, é o seguinte, eu passei um ano e meio namorando o Heitor.

– Claro, eu me lembro. Você já estava com ele há um tempo quando eu fui embora.

– Exato. Há um mês, um mês e pouco, eu descobri que os pais dele são racistas e, por isso, ele não me levava na casa dele e evitava ir comigo em lugares que conhecidos da família dele pudessem estar, não ia nas festas de alguns amigos meus, meio que me escondia.

– A Bebel me contou na época, por alto. Um horror. O cara foi mega babaca com você.

– Super! Ele mandou mal demais. Eu me afastei real, apesar de, depois da confusão toda, ele ter começado a enfrentar os pais e a mostrar para os meus amigos que ia correr atrás de mim, porque me ama de verdade e tal.

– Papinho para boi dormir, Rafa. Esse cara é igual à família dele. Ninguém que ama alguém de verdade isola a pessoa por tanto tempo. Isso não existe. Que bom que você pulou fora – respondeu um desprevenido Conrado.

– Gustavo, isso é coisa sua, né? Aproveitou que chegou antes e fez a cabeça do menino contra o Heitor – disse a Rafa, em um volume meio alto.

– Eu não falei nada, Rafaela. Já te disse isso. Vai berrar com quem merece. Sabe que está fazendo cagada, e vem descontar sua frustração em cima de quem gosta de você de verdade. O Conrado está dizendo o óbvio. Até você sabe que é o óbvio. E é exatamente por isso que te dói tanto.

Vendo o alvoroço, minha mãe logo ficou alerta.

– Está tudo bem aí?

– Sim, tia. A gente só estava contando para o Conrado como foi nosso bate-boca ontem – respondeu a Rafa, deixando bem claro para a gente que ela não queria que o assunto chegasse ao resto da família.

– Juro, amiga, não consigo entender. Dessa vez não tem como defender você. O Guga está certo – disse, sabendo que estava botando lenha na fogueira.

– Belzinha, eu estou feliz. Muito feliz. Por favor, fica feliz por mim. Dá uma segunda chance para o Heitor também.

– Depois de tudo, de todos os absurdos, só se eu não amasse você eu poderia dar uma segunda chance para ele. E só se eu fosse burra, eu ia acreditar que você está feliz. Se estivesse, não estaria tão agressiva, tão na defensiva. Desculpa, Rafa. Não dá.

– Peraí, você voltou com o seu ex racista, Rafa? Sério? – mais uma vez intercedeu Conrado, ignorando o perigo que estava correndo.

Rafa caiu em prantos. Conrado, se sentindo culpado, logo se levantou e foi abraçá-la.

– Quer ir conversar comigo ali dentro? Independente de qualquer coisa, nitidamente você não está legal.

Os dois foram conversar na sala, enquanto Guga e eu fomos para a mesa da varanda, nos juntar à velha guarda.

Obviamente, foi só a gente se sentar na mesa para minha mãe vir logo perguntar qual tinha sido o motivo da briga. O Guga, orador nato que é, além de excelente contador de histórias, ignorou a vontade da Rafa e fez a parte dele, deixando as três por dentro dos últimos acontecimentos, com minúcias de detalhes.

Minha mãe ficou revoltada com a situação e, acima de tudo, preocupada com a Rafa. Pedi a ela, encarecidamente, para deixar quieto, para não falar nada. Ao contrário de mim, tia Regina, que é psicóloga, botou pilha, falou que a Rafa precisa de orientação, que ela precisa de ajuda. Tenho quase certeza de que minha digníssima genitora vai ouvir a profissional no assunto, não a filha. Vamos ver. Oremos.

Quando as pizzas, enfim, chegaram, Conrado e Rafa se juntaram a nós. Ela já mais calma, ele fazendo sinal de positivo com a mão. Assim, sem que o assunto Heitor tenha sido trazido à mesa enquanto a gente comia, conseguimos ter um jantar tranquilo e agradável, para supostamente terminar bem o dia.

Eis que, quando já tínhamos tirado tudo, deixado a mesa limpa e estávamos só beliscando uns biscoitos naturebas que tia Rosa levou, minha mãe começa...

– Rafa, posso te falar uma coisa?

– Claro, tia!

Gelei.

– Você é uma menina linda, inteligente, talentosa, bem-educada, culta, do bem. Sua mãe é uma mulher incrível, admirável, que criou você e a Julia lindamente, apesar de não ter tido apoio, nem suporte de ninguém. Vocês são motivo de orgulho e admiração. Nunca, jamais de vergonha. Muito menos de intolerância ou discriminação. Você precisa ter bastante consciência disso.

– Eu sei, tia. Eu tenho.

– Então, tá – respondeu minha mãe, incrédula, mas com carinho, enquanto juntava os farelos do biscoito da tia Rosa, soltos pela mesa.

– Por que você disse isso, tia?

– Você sabe.

– Tia, o Heitor está enfrentando os pais, está me assumindo para todo mundo. Eu sei que ele errou, mas ele está tentando fazer tudo certo agora.

– Meu amor, a vida é sua. Você não me deve explicação alguma. Mas se você me pedisse um conselho, eu diria o que eu digo sempre para a Bel, tenha brio, amor-próprio e compostura. Ponha esse Heitor no lugar dele.

– Ou seja, Rafaela, larga esse boçal, porque ele não te merece, nem te valoriza. Pelo contrário! – desandou o Guga.

– Não começa, Gustavo.

– Amiga, se ele está fazendo tudo certo e está assumindo você para Deus e o mundo, por que ele não foi na festa da Aninha ontem? Os pais deles são amigos, não são? – quis saber.

– Ele não foi porque hoje ele tinha maratona super cedo.

Tia Rosa, outra desavisada, sem saber, deixou a Rafa com a cara no chão.

– Maratona? Hoje? Não teve. Desde que a corrida entrou na minha vida, eu não perco uma! Participo de todas. Amo!

– Eu devo ter entendido errado, então... – respondeu a Rafa, completamente abatida e sem graça.

Para quebrar o clima, minha mãe tentou encerrar o assunto:

– Quem aceita um cafezinho?

Antes que qualquer pessoa pudesse se pronunciar, o Guga recomeçou:

– Rafa, quando você saiu da festa ontem, na surdina, você foi para onde?

– Encontrar o Heitor, Gustavo. Não falei nada para vocês, porque a gente já tinha discutido o suficiente, não acha?

– Acho. Mas peraí, ele não foi com você para a festa porque tinha que dormir cedo por conta de uma suposta maratona, mas podia encontrar com você em outra lugar, sem ninguém conhecido, depois de meia-noite. É isso?

– Gustavo, ele já estava deitado quando eu cheguei. Começamos a ver um filme e eu acabei dormindo também.

– Rafa, ele mora com os pais? Isso foi na casa dos pais dele? – perguntou o Conrado.

– Ele mora. Mas nos finais de semana, ele fica na casa de um amigo, que está fora do Rio.

Percebendo que a situação da Rafa estava complicada, minha mãe mais uma vez tentou pôr fim ao tema:

– Gente, e o café? Quem vai querer?

Do nada, a Rafa começou a chorar copiosamente.

– Desculpa decepcionar vocês. Eu não sei o que acontece comigo, eu não consigo me desvencilhar e, como eu realmente amo ele, fico tentando me convencer de que as coisas vão mudar, de que vai ser diferente daqui para frente.

– Dependência emocional, relacionamento abusivo, manipulação, narcisismo... Menina, você não tem que se desculpar de nada. Você é vítima – disse tia Regina, com propriedade.

Todos nos levantamos e esmagamos a Rafa, em um baita abraço coletivo. Ela baixou a guarda e se sentiu acolhida.

Quando já estava um clima mais leve e alegre de novo, Guga falando besteira, Conrado contando da viagem, Rafa mais suave, tia Rosa no grau, mostrando exercícios bizarros de Pilates, minha mãe vai e pega todos de surpresa.

– Gente! Hoje eu e Bel fomos procurar apartamento. Decidimos nos mudar.

De repente, se fez silêncio. Todos meio chocados, até que Gustavo Neves não se aguentou calado:

– Tia Fernanda, me desculpa, mas vou ali na geladeira pegar uma cerveja. Essa notícia, não dá para engolir a seco, não.

Gelo quebrado, risos voltaram a tomar conta do recinto e a noite seguiu.

Capítulo XIX
Nova Lei

Foram todos embora e ficamos eu, Conrado e Guga, cada um em uma das espreguiçadeiras da piscina, olhando para o céu estrelado, pensando na vida e conversando sobre tudo, a esmo, sem pressa, como se no dia seguinte não fosse segunda-feira.

– Eu duvido que a Rafa largue fácil esse Heitor – ponderou Guga.

– Mas acho que ela está menos cega do que antes, o que já é um bom começo – disse, esperançosa.

– Eu conheço menos ela, mas pelo papo no sofá, cara, é muita manipulação, muita lavagem cerebral. Ela não vai fazer nada, vai continuar com ele, só vai passar a esconder isso de vocês – completou Conrado.

– Concordo, cara. E fico mal pacas com isso. Eu sei que às vezes sou duro nas coisas que eu digo para ela, mas juro que a intenção é realmente tirar ela dessa furada. Me amarro na Rafa.

– Guguinha, a gente sabe. Aliás, eu acho que você anda amarrado nela até demais. Será que a talarica ficou para trás?

Rimos os três, mas o Guga, como de costume, tratou logo de mudar o tema.

– Agora, na boa, vocês se mudarem daqui vai ser foda...

– Minha mãe estava destruída ontem, quando cheguei da festa, Guga. Viver aqui sem meu pai é uma tortura diária. Vocês não fazem ideia. Falar em sair daqui deu até um gás novo nela. E vai ser muito bom para mim também.

– Eu entendo. Óbvio. A merda é que, pô, onde vão ser as resenhas daqui para frente? – brincou Guga.

– Você, pelo menos, aproveitou as últimas. E eu, que há seis meses estou sem as clássicas sociais da Bebel?

– De repente a gente faz uma despedida aqui de casa...

– Não acho que a tia Fernanda está em clima de festa, não – opinou Guga, com uma dose grande de razão.

– Sei lá. Eu acho que de repente rola, não sei. Sondarei com ela. E vou pensar se eu quero também. Festa aqui em casa sem meu pai, vai ser meio Bochecha sem Claudinho.

– Pode crer. Mas pensa com carinho. Na boa, acho que ele ia se amarrar...

– Para onde vocês estão pensando em se mudar? – questionou o Conrado.

– Hoje a gente viu quatro ou cinco apartamentos. Todos por aqui, entre Leblon e Ipanema. Mas muito caros e pouco espaçosos.

– Ah! Então já vi que vai demorar essa mudança – comemorou antecipadamente Guga.

– Acho que não... Minha mãe falou com duas corretoras quando estávamos voltando das visitas. Ela quer se mudar, no máximo, até o fim do mês, para poder alugar logo aqui. Parece que é uma grana manter essa casa.

– Faço ideia, Bebel. Só de luz e condomínio deve ser uma baba – emendou Conrado.

– É o fim de uma era – lamentou Guga.

– Muito doido, né, como, do nada, tudo muda?!

Acho que fiz todo mundo pensar. Nem uma palavra. Os três mudos e reflexivos, ao som de uma orquestra de insetos (o que não estava me deixando exatamente confortável), digerindo a realidade da finitude e dos mistérios da vida.

– Hoje foi o primeiro domingo, desde que meu pai morreu, que eu não fiquei péssima – divaguei, depois de um tempo.

– Mérito do gringo, que voltou – respondeu Guga, novamente meio enciumado, mas de boa.

– Sem dúvida, a volta do Conrado foi a melhor parte do dia!

Antes que eu continuasse, imediatamente o Conrado segurou a minha mão. Nos olhamos, sorrimos um para o outro, a ponto do Guga – sempre o Guga – interferir.

– Se eu estiver atrapalhando alguma coisa, eu vou-me embora!

– Deixa de ser ridículo, moleque! – comentou o Conrado, soltando de pronto a minha mão.

– É muito ciumento esse meu amigo – zoei.

– Ciúme de quê? Com a gente não tem essa coisa de rolar climinha não.

– Nem com a gente, cara. Somos todos amigos. Relaxa aí! – afirmou Conrado, com uma certeza tão certa que, lá no fundo, meio que me incomodou.

– Bom, continuando... Domingo era o dia da semana com a rotina familiar mais maneira. Hoje, foi tanta coisa, que não tive tempo de pensar no que eu estaria fazendo se ele estivesse aqui. Então, o dia foi até bom. E isso é incrível, porque domingo dói. Dói muito. Muito, mesmo!

Comecei a chorar. Aos prantos. Sem conseguir parar. A saudade bateu forte, o domingo enfim pesou.

Conrado logo partiu para minha espreguiçadeira e me deu um abraço. Guga veio em seguida, com os olhos mareados e me deu um beijo na cabeça.

– Bebel, e se a gente criasse uma nova rotina de domingo? – sugeriu o Conrado.

– Tipo o quê? – questionei, soluçando de tanto chorar, mas com um esboço de sorriso querendo chegar.

– Sei lá, a gente almoça e vai ao cinema? Ou a gente vai ao cinema e vai comer depois?

– A gente vai ao cinema e come. Antes ou depois do filme, dependendo do horário da sessão – propus.

– Por mim, fechado! – bateu o martelo, um animado Conrado. Cara dele fazer isso para me alegrar.

– E se aparecer uma gatinha num sábado qualquer e você decidir sair com ela no domingo? – começou o Guga a tentar jogar água na programação. Impressionante, nem comigo aos prantos, ele deixa passar.

– Domingo, a prioridade é a Bebel. Isso é lei agora.

Abracei o Conrado bem apertado.

Gostei disso. Por vários motivos. Alguns que prefiro nem jogar para o universo, porque eu não preciso de novos amores agora, mas cada vez mais preciso dos meus bons e velhos amigos – os melhores, sempre.

Trilha Sonora dos Capítulos XX, XXI e XXII

1. Amor Pra Recomeçar – Frejat
2. Out of Reach – Gabrielle
3. Really Bad Kisser – Jenna Davis
4. FRIENDS – Marshmello & Anne-Marie
5. Good 4 u – Olivia Rodrigo
6. Don't Turn Around – Ace of Base
7. Someone You Loved – Lewis Capaldi
8. Fix You – Coldplay
9. Lose You to Love Me – Selena Gomez
10. You're Not Sorry (Taylor's Version) – Taylor Swift

Capítulo XX
Amigos Descoloridos

Apesar da minha luta com o sono por medo dos meus sonhos, tenho me forçado a acordar ao som grosseiro do despertador e, mesmo parecendo um zumbi vagando pela escola, não perdi mais nenhum dia de aula. Ter encontrado a galera na Aninha me mostrou que eu precisava voltar à rotina para sair daquele luto mais pesado.

Oposto a mim, o Guga, depois que perdeu o encanto pela Letícia (ouvi um amém?!) – que era um estímulo para ele bater ponto diário na escola –, retomou seu costumeiro posto de estudante turista: quando não falta, ou sai (muito) mais cedo, ou chega (mega) atrasado. Pelo menos, ele está fazendo umas aulas avulsas no mesmo cursinho pré-vestibular que o Conrado, enquanto eu que, antes do apocalipse na minha vida, estava toda focada, deixei meu planejamento de estudos completamente de lado.

Depois de alguns dias calado, reapareceu o Chico, dizendo que queria conversar comigo. O problema é que a mensagem chegou justo na hora em que eu estava cruzando com a Letícia no meio do pátio. Então, deixei ele sem resposta, em um merecido vácuo.

Manoel, de novo sumido, apesar do roxo seguir no pescoço, persistente, mesmo que já bem mais claro, meio amarelado, quase desapercebido, mas ainda me servindo de lembrete das maravilhas daquela noite memorável. Por sorte, vai rolar praia sábado. Calma! A ideia não foi minha, foi do Conrado. Depois de meses americanizado, ele está querendo se sentir um legítimo carioca outra vez – e a chuva não ajudou no final de semana passado.

Se o mergulho no mar não rolou ainda, a nova rotina de domingo começou muito bem, obrigada! Fomos ao cinema Leblon, Conrado e eu, depois enfiamos o pé na jaca numa lanchonete ali na área – essa parte com a companhia do Guga, um eterno esfomeado. Por fim, voltamos a pé pela orla, aproveitando que a pista da praia estava fechada e as cores do céu dando um show à parte, apesar da garoa de mais cedo e do tempo fechado.

Vale dizer, a comilança no domingo foi pesada, porque eu estava me despedindo desse prazer da vida, já que comecei uma nova dieta drástica – dessa vez, com orientação de um endocrinologista. Passei um longo período compensando meu luto atacando a geladeira, comendo os mais variados tipos de guloseimas e besteiras, em quantidades indecentes, além de estar batendo pratos de peão diariamente. Resultado, engordei quase dez quilos! Hora de fechar a boca e correr atrás do prejuízo.

No mais, acho que minha mãe e eu vimos literalmente TODOS os imóveis disponíveis no mercado, de três e quatro quartos, na tripa entre Ipanema e Leblon. Finalmente, depois da minha arquiteta preferida colocar defeito em tudo, encontramos o lugar perfeito para o nosso recomeço: uma cobertura não muito grande, ao lado da praia, a duas quadras do clube, pertinho da Rafa e da minha avó, com espaço para o Brownie e o Quindim, além de ideal para futuras resenhas e afins.

Como o apartamento está impecável, recém-reformado e minha mãe se encantou com o projeto, não vai precisar quase de obra, logo a mudança não demora. Bom isso, porque nossa casa já foi alugada para o figurão de uma multinacional norueguesa, que chega ao Rio com a família em meados do próximo mês. Estou feliz por um lado, claro, mas não quero pensar muito nisso agora, vou deixar para sofrer só na hora de dizer mais esse adeus.

Em meio a tudo isso, tem a Rafa. Minha amiga linda e maravilhosa, sempre tão confiante e bem resolvida, agora completamente insegura e sem nenhuma autoestima, tudo por causa desse escroque do Heitor. Ela jura que terminou de vez com o encosto, mas o Guga e eu não estamos levando muita fé nisso. Afinal, ela segue estranha, na defensiva, se esquivando do assunto e, ainda que discretamente, afastada da gente.

Ao menos a tia Ângela percebeu que tinha algo errado – desconfio que tenha um dedo (ou a mão inteira) da minha mãe nisso –, tomou as rédeas da situação e colocou a Rafa na terapia. Pelo que entendi, ela precisa voltar a curtir as coisas que ela sempre teve prazer em fazer, apesar e independente do Heitor. Ela precisa sentir que as pessoas gostam dela pelo que ela é, sem tirar nem pôr. Assim, ela vai reencontrando o amor-próprio perdido e, pouco a pouco, deixando para trás a dependência desse racista manipulador narcísico.

Diante desse cenário, com o aniversário da Rafa chegando, Guga e eu resolvemos planejar algo surpresa para comemorar em alto estilo os dezoito anos da nossa amiga. Em outras épocas, óbvio, faria uma baita social lá em casa, mas esse ano não vai dar. Mil coisas encaixotadas, outras espalhadas, alguns móveis já saíram, o clima não está nada festivo. Em suma, está tudo meio caótico, de pernas para o ar. Então, a tia Ângela deu a ideia de fazermos uma resenha no play do prédio delas e minha mãe, decoradora oficial de todos os eventos, logo se prontificou a ajudar.

São tantas coisas acontecendo ao mesmo tempo que, quando a saudade aperta, aparece imediatamente algo aleatório para eu fazer e meus pensamentos sombrios se distraem – mas continuam lá, na espreita, me espiando, só esperando um intervalo, uma brecha para virem me atormentar. Será que algum dia essa maldita dor vai passar? Enfim.

Chegou o final de semana e, para felicidade do Conrado, além de um calor de dezembro em pleno outono, o sol estava pedindo refresco – que eu preferia que fosse numa bela despedida da piscina aqui de casa, mas o bonitão ansiava por água salgada.

Me enfiei em um maiô preto, todo trabalhado no corte e no decote, que alonga até a minha silhueta achatada, chamando a atenção para o meu colo e não para a minha coxa avantajada. Dessa vez não rolou aquele short atochado "levanta defunto" – a vida já tem me dado motivos de sobra para sofrer, não preciso de nada extra para potencializar isso. Coloquei uma saída de praia, arrumei minha bolsa de palha, óculos escuros na cabeça e desci as escadas, ouvindo um mix do chinelo estalando nos degraus com a buzina do Conrado me chamando.

Eis que, para minha completa surpresa, quando ia abrir a porta do carona, percebi que ele não estava sozinho no carro. Sim, fui rebaixada ao banco de trás.

– Fala, Bebelzinha! Essa é a Gabi.

Se ele tinha essa Gabi para acompanhá-lo na praia, para que me sujeitar a essa penitência odienta e arenosa? Aff! O Conrado é desses, surge sempre com umas garotas que ele descobre sabe-se lá onde, namora por alguns dias, no máximo semanas, e é isso. Os Estados Unidos não tiveram a capacidade de mudar a personalidade, nem o *modus operandi* do menino – vide a Kate.

– Estava louca para te conhecer, Bebel. O Conrado fala muito de você – puxou conversa a tal Gabi.

Sorri amarelo, mas tratei a menina bem. Nem mencionei sarcasticamente que, embora ela já tivesse ouvido tanto sobre mim, eu não tinha a menor ideia da existência dela.

– Amor, amanhã vai ter churrasco na casa do Alex, aquele meu amigo que eu queria apresentar pra Bebel. Vamos?

Oi? Ela nem me conhece e já está querendo me enfiar um homem? Velho golpe das sonsas que saem com o Conrado e o Guga e tentam me neutralizar para dominar meus amigos. E que palhaçada é essa de já estar chamando o Conrado de "amor"? Que garota espaçosa!

– Topa, Bel? Depois vamos os três no cinema – perguntou o Conrado, com a cara mais lisa do mundo.

– Ou os quatro! – completou a sirigaita.

Bem que o Guga me alertou que a nova rotina de domingo ia furar na primeira garota que aparecesse.

– Obrigada pelo convite, mas não ando muito no clima de sair com gente nova, nem ir para lugares com uma galera que eu não conheço. E relaxa sobre o cinema, Conrado. A gente vai no domingo que vem.

E não é que a safada nem disfarçou que gostou da minha recusa?!? Mas para quebrar a cara do Guga e dela numa cajadada só, o Conrado botou logo ordem na casa:

– Gabizinha, fica para a próxima, então. Domingo minha programação é sempre com a Bebel. Mas se quiser perder o churrasco e sair com a gente...

– Não posso. Você sabe que é aniversário da Marina, irmã do Alex. Ela me mata se eu não for.

Pronto! Eu já estava em paz de novo.

Chegamos e, enquanto o Conrado estacionava o carro, de longe, logo percebi que o Guga tinha conseguido arrancar a Rafa de casa e os dois já estavam nos esperando em frente ao Posto 10. Realmente, com Gustavo Neves, missão dada é missão cumprida.

Seguimos todo ritual insuportável de um dia na praia: aluga barraca, carrega cadeira, organiza tudo, abre canga, se protege da areia, dá uma olhada nas redondezas, se enche de filtro solar e fica ali, sem se levantar, disfarçando a bunda, suando que nem um urso no deserto, completamente imunda e fazendo cara de paisagem, como se estivesse amando aquela tortura a céu aberto.

Obviamente, ainda que sem alarde, mantive minhas antenas ligadas, tentando localizar o Manoel. Estranhei os amigos dele todos lá e nada do indivíduo chegar. Quando eu já tinha até desistido, a Rafa me deu uma cutucada com força, enquanto fazia um gesto zero discreto com a cabeça para eu olhar para trás e para o lado. Lá estava ele, com aquele sorriso arrebatador, mas devidamente acompanhado, focado na menina e com cara de apaixonado. Murchei na hora.

– Como você está, amiga? – perguntou a Rafa.

– Não muito feliz, né? E, para variar, com a bochecha queimando, como se eu estivesse ardendo em febre. Odeio os efeitos que a simples visão desse moleque causam em mim.

Rimos. Mas, no fundo, eu queria era chorar.

– Homens... – continuou ela, me confortando com um abraço meio de lado.

– Lá vão vocês duas começar a estigmatizar todo e qualquer ser do sexo masculino, como se nenhum prestasse – chiou Guga.

Em um típico *déjà-vu*, eis que, nesse exato momento, o Chico brota onde a gente estava. Em tempo: ele cortou o cabelo, está mais lindo do que nunca, mas definitivamente não mexe mais com meu termostato como antes.

– Olha aí o Guga cheio de razão de novo – disse o Chico, tentando socializar.

A Rafa logo riu, se levantou e deu um abraço apertado no amigo, enquanto o Guga, como de costume, não conseguiu deixar a situação passar batida.

– Moleque, dessa vez você está meio sem moral para falar qualquer coisa, não acha?

– Tem toda razão, cara – concordou Chico, sem nem pestanejar. Em seguida, se dirigiu a mim: – Bel, já que o assunto veio à tona, pelo menos deixa eu me explicar?! Por favor.

Antes que o Guga tivesse tempo de pensar ou dizer alguma gracinha, ele foi içado pela Rafa em direção ao mar, onde já estavam, há uma meia-hora, o Conrado e a Gabizinha, no maior *love*. Nem reclamei. Desconfio que o Guga está a fim da Rafa e ela, por sua vez, precisa de um Guga na vida dela. Que o universo conspire a favor!

Sozinhos ali, sentados lado a lado, eu não tinha muito o que fazer, senão ouvir de novo toda a ladainha que a Rafa já tinha me contado na casa da Aninha. O pior é que se a história tivesse envolvido qualquer outra pessoa, que não a Letícia, eu provavelmente estaria de boa, mas em sendo ela, não consigo deixar para lá. Porém... Quando o Chico terminou de repetir o que eu já sabia, ele me deixou intrigada – e, de novo, com a temperatura elevada.

– Queria que a vida tivesse um botão de *delete* ou de *undo*, para apagar a burrada que eu fiz. Mas não é assim que funciona, né? Então, só me resta pedir perdão e dizer que não teve um dia sequer, desde aquela maldita festa, que eu não tenha me culpado e me arrependido do que aconteceu. Primeiro, porque eu falhei com você na pior hora possível. Segundo, porque eu sinto muito a sua falta. Eu adorava nossas mensagens diárias. Eu estava apaixonado por você.

Vai ser bom de argumentação assim lá na China! Realmente, o homem é um advogado nato – além de gato, muito gato. E é impressionante como eu sou ridícula. Meia dúzia de palavras bonitas e já estou entregue mais uma vez, boiando nessa piscina cristalina que ele tem nos olhos. Querem saber? Dane-se a Letícia! Que ela fique vagando no vale das messalinas, porque eu vou é aproveitar a vida.

– Apaixonado? – perguntei, com uma cara de quem ficou surpresa, mas contente.

– Como diria meu avô, eu estava com os quatro pneus arriados por você, moça cheirosa.

Sorrimos um para o outro meio acanhados, com uma sinceridade tão grande, que deixava nítido não só meu genuíno perdão, mas também uma enorme ternura, causada por aquela entrega absurdamente carinhosa, típica do mineirinho que, com esse jeitinho meio ingênuo e tão dele de ser, já tinha conquistado antes meu coração. Superaquecidas, todas as moléculas do meu corpo pulsavam no auge da agitação. Bastava ele me olhar, o sinal verde estava ali, dado, escancarado. Era chegar um pouquinho mais perto e me beijar. Porém, contrariando todas as expectativas – minha vida, esse eterno meme –, ele ficou ali, inerte, parado.

Se isso tivesse acontecido alguns meses atrás, muito provavelmente eu gastaria minha noite de sábado fofocando com o Guga e a Rafa sobre a lerdeza do rapaz e me maldiria da sorte por ele ter ficado estático, depois de dizer que estava apaixonado, como se a gente tivesse tido uma conversa banal. Mas se aprendi uma coisa ultimamente é que o futuro é incerto, o que temos é o hoje, logo não há tempo a perder. Então, pela primeira vez na vida, tomei a iniciativa, me enchi de coragem, cheguei para o lado e beijei o Chico.

Antes eu não tivesse feito isso! Não sei se ele levou um susto ou não curtiu muito meu gesto – embora ele não tenha me repreendido, nem se esquivado. Pelo contrário! Como sempre, agiu como um lorde, muito educado. O fato é que a resposta dele à minha investida foi estranha e o beijo totalmente buraco negro, onde tudo é sugado, como se caísse em um eterno vácuo, no qual nada se encontra, nada se encaixa – sem química, sem física, nem nenhuma outra ciência exata ou inexata atuando. Faltou até pegada! Sem falar que eu fiquei toda babada – o que, com muita areia em volta, só piora a cena. Que constrangimento!

O quarteto voltou do mar, depois de testemunhar à distância a cena, rindo e zoando, como se tudo tivesse sido uma maravilha, sem nem imaginar que eu queria fugir ou bancar um avestruz e esconder minha cabeça na areia.

– Agora eu entendi por que a Bebel dispensou o Alex e não quer conhecer gente nova! Com um Deus grego desse, eu também não ia fazer a menor questão – comentou a sem noção da tal Gabi, arrancando risos de todos que, pelo visto, aprovaram a galega.

– Bom, já que você está muito bem acompanhada, vou nessa, tá? A gente se fala – disse Chico, de pé, meio perdido, depois de me dar um beijo de despedida que pegou parte da boca, parte da bochecha, tão desajeitado quanto o oficial. Ele deu um breve tchau para os demais e literalmente se evadiu voando do local.

É claro, não deu nem trinta segundos que o menino saiu de vista, passei por um interrogatório, enquanto já ia me arrumando para ir embora dali.

– Amiga do céu, me conta! Como foi isso? Você sabe que eu *shippo* muito vocês dois, né? – celebrou a Rafa, com um entusiasmo que há muito eu não via nela.

– E, aí, já podemos arquivar o pulha do Manoel na pasta "página virada"? – indagou um curioso Guga.

– Viu como eu te dou sorte? Foi só eu voltar, para a história com esse tal de Chico engrenar. Mas, na boa, ele não é tudo isso que vocês falam, não. É um cara normal, com um olho bonito.

– Isso é puro recalque, Conrado. Nem vem – disse, rindo, a Rafa.

– Ah! Ele é perfeito, amor! Com todo respeito – continuou a forçada da Gabi, mostrando todo seu potencial para cosplay de Letícia.

Definitivamente eu não ia me expor, muito menos o Chico que, bola fora à parte, é um amor de pessoa e, ao que tudo indica, a partir de hoje, tem potencial para virar mais um grande e descolorido amigo.

– Quem quiser saber mais detalhes, ou me liga mais tarde ou me acompanha com o Conrado amanhã, no nosso programa de domingo – disse, já enfrentando a areia e indo em direção ao calçadão.

No caminho, fiz questão de ir cumprimentar o Manoel, cheia de sorrisos, como se nada tivesse acontecido. Ele ficou sem graça – afinal, nossa última ficada foi épica, com papos profundos e ele, como sempre, apesar de tudo, não deu as caras depois –, mas foi muito simpático, me apresentou à NAMORADA, conversamos um pouco e, então, segui meu rumo, fingindo plenitude, sem descer do salto, como se eu estivesse me lixando, enquanto sentia meus olhos enchendo d'água, embaçando as lentes dos meus óculos escuros.

Estava com o coração em frangalhos. Mas como diria o rei Roberto Carlos, se chorei ou se sorri, o importante é que emoções eu vivi.

Capítulo XXI
Vazio

Quando eu ainda nem tinha chegado em casa, os três – Guga, Rafa e Conrado – começaram a me bombardear com mensagens, querendo saber não só do Chico, mas também o que eu tinha ido falar com o Manoel, que eles viram de longe e ficaram intrigados. Eu amo meus amigos, mas nesse momento eu precisava de silêncio para poder me ouvir e me reorganizar por dentro.

Tomei banho na ducha da piscina, coloquei o short mais velho e mais confortável que eu tenho no armário, peguei umas comidinhas proteicas na cozinha, me fechei no quarto com o ar-condicionado ligado no máximo, deixei o celular carregando silenciado, Quindim na cama, Brownie no tapetinho no chão, coloquei *Gossip Girl* na TV e decidi que esse seria o cenário do resto do meu sábado.

De repente, entre um namoro e outro da *Serena van der Woodsen*, me dei conta de uma coisa. O que estava me fazendo mal real não era exatamente ter me decepcionado com a total falta de química com o Chico, tampouco com o fato do Manoel não querer namorar especificamente comigo – claro, isso também está incomodando, mas não é o xis da questão. O motivo do meu choro e da minha sensação de vazio é, na verdade, ter perdido no mesmo dia minhas duas válvulas de escape, que eu focava sempre que a dor da perda do meu pai vinha com mais intensidade.

Me lembro, quando eu era bem pequena, minha mãe me mandava contar carneirinhos quando eu estava sem sono. Não demorava, minha ansiedade chegava com força total, porque eu me perdia nos pulos e acabava sendo atropelada por um rebanho ovino nos meus pensamentos e, ao invés de sonolenta, eu ficava ainda mais desperta e agitada. Então, mudamos de tática. Mamãe sugeriu que eu me deitasse e pensasse em coisas boas até adormecer. E funcionava. Aliás, é minha técnica até hoje.

No que eu fecho os olhos, fantasio tudo acontecendo na minha vida exatamente como eu gostaria – por mais improvável que seja na prática. Vou imaginando as cenas como em uma novela, com capítulos diários, que vou seguindo (e criando) até me cansar da trama. Então, começo uma história do zero, ainda que com pouca ou nenhuma alternância dos personagens, mas com um novo enredo e um desfecho ora parecido, ora totalmente diferente, variando de acordo com meus interesses e anseios do momento.

Sem perceber, naturalmente, passei a usar um método semelhante para driblar o luto. Quando vinha um pensamento obscuro ou um sofrimento físico de tanta falta que eu estava sentindo do meu pai, eu enganava minha mente, focando em como seria meu próximo encontro com o Manoel ou se valia a pena eu conversar com o Chico, desenvolvia hipóteses e "sonhava acordada" com possibilidades envolvendo os dois, o que me fazia criar ilusões muito mais simpáticas do que a dura realidade.

Sim, ainda tem a festa da Rafa para me ocupar a mente. Sim, ainda tem uma mudança pela frente, tomando meu tempo e me dando esperança de um novo começo. Mas, na festa, terá o Chico pós-decepção. Quiçá, Manoel acompanhado. O novo começo significa terminar um ciclo muito feliz nessa casa, que deixará muita saudade. Ou seja, nada mais serve como refúgio, nem como escape. Que fase!

Nessas horas a gente percebe que vai levando, mas é tudo meio paliativo. Você vive o presente, mas quer o passado. Está sempre rodeada de amigos, tem uma família incrível, mas por dentro você está oca, totalmente só, vazia e com medo, com muito medo.

Quando eu estava começando a entrar numa *bad* muito muito muito pesada, minha mãe deve ter pressentido e veio no meu quarto, se deitou ao meu lado e, fingindo que queria assistir *Gossip* comigo, começou a tentar descobrir por que eu tinha chegado tão cabisbaixa da praia. Contei por alto as vivências traumatizantes do dia e tudo que eu estava pensando sobre como isso interferiria na minha forma de lidar com a falta do papai.

– Filha, sobre Manoel e Chico, quando a gente está dividida entre dois amores, é porque não é nenhum deles. Geralmente, nesses casos, quando menos se espera, chega um terceiro e muda tudo. Vai ver, era preciso esse cataclisma para você abrir as portas e deixar alguém novo entrar.

– Será, mãe?

– Pode apostar!

– Enquanto isso, para onde eu levo minha mente quando a vontade de estar com o papai chegar que nem um tsunami? Acho que vou voltar para o tênis. Pensei também em começar a fazer boxe para desestressar. Me manda de novo o contato daquela psicóloga, amiga da tia Regina, quero marcar uma consulta. E vou me inscrever no cursinho pré-vestibular que os meninos estão fazendo. Direito na PUC não é fácil de entrar.

– Meu amor, dou o maior apoio para tudo isso. Acho que ocupar a cabeça só vai te fazer bem. Mas depois de uma perda tão grande não adianta fugir. A dor é inevitável e deve ser enfrentada. Jamais se entregue a ela. Sinta, mas reaja! É o que o seu pai gostaria. Tentar fingir que nada aconteceu e não encarar os sentimentos, aprendi na prática, não é o melhor caminho.

– Eu sei.

– Quando eu disse para minha terapeuta essa semana que, para não ter tempo de pensar nesse pesadelo que estamos vivendo, estou me movimentando e enchendo os meus dias, me ocupando com todos os projetos do escritório – até com os de outras equipes, fazendo nossa mudança a toque de caixa, bolando misérias para a festa da Rafa e, apesar de tudo isso, eu me sinto uma mera espectadora da vida, não me sinto mais eu mesma, não me reconheço mais, ela me mostrou uma poesia linda. Eu até escrevi para não esquecer. Deixa eu pegar meu celular para te mostrar.

Rapidamente minha mãe foi até o quarto dela, voltou com o texto já na tela, encaixando os óculos no rosto para ler.

– "Enquanto o luto é adiado, as perdas menores causam estragos dobrados, já que sobrecarregadas das dores não dissolvidas por falta de tempo.

Falta de tempo para lembrar;

Falta de tempo para sofrer;

Falta de tempo para chorar;

Falta de tempo para fazer a dor passar.

A dor acumulada é tão forte, que às vezes é melhor viver de uma vez a morte, para parar de morrer vivendo".

Minha mãe recitou aquelas palavras tão precisas com a voz chorosa, precisando de pausas, sem conseguir segurar a emoção. Óbvio, caí em prantos – haja bolsa de gelo para desinchar meu olho amanhã!

Cada uma enlutada da sua forma, em suas respectivas etapas de vida, talvez até com diferentes sentimentos proeminentes, mas sempre unidas e em sintonia. Tudo que eu precisava hoje era da minha mãe – e eu não tinha me tocado disso.

E sobre o poema que ela leu, não sei quem foi que o escreveu, mas definitivamente poderia ter sido eu – se tivesse dom para isso, é claro.

Capítulo XXII
Basta!

Depois de dormir super cedo, exausta de tanto chorar, mas com a alma mais leve, a mente menos confusa, me permitindo sofrer pela saudade gigantesca que estou sentindo sem rota de fuga, relativamente de boa com o fim do meu triângulo amoroso e, principalmente, em dia com a minha série e com a minha dieta (não descontei a tristeza no pudim da geladeira), peguei meu celular e dei de cara com um "bom dia, minha AMIGA cheirosa" do Chico, cheio de emojis gargalhando. Ele é um cara muito legal! Quebrou o gelo e desfez qualquer mal-estar, na maior classe.

Fora isso, trocentas mensagens do meu trio preferido, retratando um misto de preocupação, curiosidade e enfurecimento com o meu silêncio. Porém, depois que desabafei, todos entenderam meu ponto, então só continuaram um pouco preocupados comigo, mas acima de tudo mega curiosos, porque eu disse que só falaria qualquer coisa sobre a praia ao vivo. Assim, tanto o Guga quanto a Rafa resolveram se juntar a mim e ao Conrado no nosso programa de domingo.

Decidimos almoçar e ir ao cinema no shopping, porque depois daquele sábado de calor torrencial, atípico para essa época do ano, veio uma bem-vinda chuva para refrescar o clima e os ânimos. Escolhemos um restaurante que tem um carpaccio delicioso, para minha dieta seguir intacta – até a festa da Rafa estarei uma gata! O resto do povo estava mais interessado nas fofocas do que na comida.

Comecei meus relatos falando da parte do Chico, sem dar muitos detalhes tenebrosos, tentando preservar a imagem do menino e, inclusive, já incluindo a parte da mensagem maravilhosa dele hoje de manhã.

– O cara é boa pinta, mas tinha jeito de ser meio mole no rolê, mesmo. Ele aperta a mão sem firmeza nenhuma – começou Gustavo Neves.

– Vocês encheram muito a bola desse mineiro. A Gabi chamando o homem de Deus grego... – complementou o Conrado, no que foi logo interrompido por mim.

– Eu também chamei quando eu conheci. Ele é P-E-R-F-E-I-T-O! Não foi nem falta de respeito ela falar isso ontem, porque é um fato universal e incontestável.

– Mais vale ser feio e ter pegada, do que ser o Apolo Hércules da Silva Tarzan e não saber fazer nada.

– Que coisa horrorosa, Gustavo! Vai ver, com outras meninas, ele é fenomenal. Não encaixou comigo. A impressão que eu tive era que ele não estava a fim daquilo. Sei lá. Acontece.

– Ai, amiga, eu nem ia falar nada, mas lá na fazenda, há séculos, as garotas comentavam que ele era meio desajeitado, lento para chegar, afoito para beijar e ruim de mira. Mas eu achei que, com o tempo e a experiência, ele tinha se aprimorado e aprendido.

– Ou seja, o Deus grego só é bom no Instagram e em porta-retrato – zoou o Conrado.

– Vamos focar no fato de que ele é muito bacana e se saiu muito bem dessa saia justa? – tentei encerrar o assunto, elevando a moral do meu provável mais novo amigo de infância.

– Ele teve o maior jogo de cintura, mesmo. Mas tem uma coisa que eu estou louca para saber...

– O que, Rafa?

– Se a Letícia teve a mesma impressão que você.

Rimos os quatro.

– Se bem que... Você tem toda razão. Isso não importa. O que vale é que, no fim das contas, ele mandou bem, apesar de tudo – pôs um ponto final no tema, uma renovada Rafa.

Tão bom ver minha amiga voltando a ser ela outra vez, saindo com a gente, interagindo, se interessando, sem mencionar o nome do encosto, aparentemente livre dele e voltando a ter leveza e ser feliz de novo! Essa festa surpresa vai ser a cereja no bolo para esse *comeback* dela. Mas hoje, definitivamente, o foco não era esse: o negócio era me sabatinar.

– Agora, diz aí, que droga foi aquela de ir falar com o Manoel, Isabel? – questionou o Guga.

– Eu ia cruzar do lado deles. Se eu fingisse que não tinha visto, ia passar recibo de que estava incomodada. Então, preferi ir lá, ser fofa, como se eu estivesse de boa e, de certa forma, sair por cima.

– Achei desnecessário – opinou Conrado.

– Pelo menos eu descobri que ele está namorando. Ou seja, aquela historinha de que não namora, que não se apega, mas que era de mim que ele gostava... Tudo papo para boi dormir. Ele simplesmente não queria namorar comigo.

– Também não é assim, Bebel. Você está levando muito para o pessoal – continuou ele.

– Bel sendo Bel. A ariana mais dramática já vista no planeta – me zoou o Guga. – Mas eu entendo o sentimento.

– Eu também entendo. Puxa, amiga, duas decepções no mesmo dia... Que droga! – lamentou Rafa.

– Meu professor de Física, lá nos Estados Unidos, disse uma parada na aula que eu concordo muito. Ninguém decepciona a gente. A gente que se decepciona com as expectativas que a gente mesmo cria sobre alguém – pontuou o Conrado, com uma convicção de deixar Sócrates e Platão mortos de inveja.

– Profundo! Gostei disso – comentei.

– Na boa, Isabel, depois de tudo, você ainda tinha alguma expectativa em relação ao Manoel? – continuou o Guga.

– Não era expectativa. Era esperança, eu acho. Por isso que foi bom eu ter ido falar com ele ontem e com a tal da Giovana. Doeu? Doeu. Mas, como minha mãe sempre diz, é melhor lidar com a pior verdade do que com a melhor mentira.

– Ou seja, parafraseando o que eu disse ontem, agora podemos realmente arquivar de vez o babaca do Manoel na pasta "página virada", né? – quis saber o Guga.

– De vez? Ah! De vez, não. Mas juro que agora não crio mais expectativa nenhuma, nem fico com esperança de nada.

Rafa e eu rimos.

– Puta que pariu, Bel. Você não aprende mesmo – se revoltou Guga.

– Meu filho, você passou anos correndo atrás da Letícia, sabendo perfeitamente a boa bisca que ela é. Puro suco de hipocrisia esse seu comentário – retruquei.

– E desde quando eu criava expectativas ou tinha esperança de alguma coisa ali? Sempre te disse que ela era a pessoa errada que eu queria me divertir enquanto não aparecia a pessoa certa.

– Opa! Apareceu a pessoa certa, então? Porque, até onde eu sei, você desistiu da talarica... – provoquei.

Como de costume, sempre que é colocado contra a parede, Guga dá um jeito (ou dá a sorte) de conseguir sair lindamente pela tangente, sem fazer esforço. Meu comentário ficou no ar, esquecido, porque o garçom chegou trazendo nossos pedidos. Quando voltamos a conversar, o Guga logo puxou um assunto novo. Deixei quieto, porque não quero atrapalhar o bom progresso do lance que anda se desenrolando entre ele e a Rafa. Vi bem os risinhos sem graça estampados na cara dos dois quando brinquei.

Seguindo o planejado, depois do almoço fomos ao cinema assistir a um desses filmes cheios de metaversos, que o Conrado e o Guga amam e que eu acho um saco. Mas, já que com eles a diversão é garantida, nem reclamo e, às vezes, acabo até gostando.

Depois do filme, tomamos um sorvete (na realidade, eles tomaram e eu fiquei olhando. Melhor dizendo, babando) e fomos embora. Apesar da minha mãe ficar ressabiada, pois seria algo que meu pai de jeito nenhum aprovaria, o Conrado foi deixar todo mundo em casa. A primeira foi a Rafa. Eis que, quando eu achava que não ia mais ter estresse, nem emoção no final de semana, nos deparamos com o Heitor na porta do prédio dela. A bichinha começou a chorar instantaneamente, veio uma falta de ar absurda, ela estava gelada e tremendo que nem vara verde.

– Amiga, dorme lá em casa. Você não precisa passar por isso – falei.

– Já passou da hora de botar a polícia na cola desse cara. Olha o estado da menina! – opinou Guga, enquanto abraçava a Rafa tentando, em vão, acalmá-la.

– Rafa, liga para sua mãe e vê se eu consigo entrar de carro na garagem. Se liberarem, está resolvido.

Enquanto pensávamos em saídas, o cretino do Heitor me viu no banco da frente e chegou socando o vidro do meu lado, completamente descontrolado. Conrado arrancou com o carro e fomos todos lá para casa. Do caminho, contamos para a tia Ângela o que tinha acontecido e ela ficou de ir nos encontrar.

Com pouquíssimos móveis remanescentes na sala, nos restou resenhar na cozinha, enquanto a Rafa, aos poucos, ia se tranquilizando.

– Só para vocês entenderem. Eu não falo com o Heitor há mais de dez dias, mas ele seguia me mandando mensagens, me implorando para não o bloquear, porque assim, ao menos, eu ainda ia ler o que ele escrevia e ia saber como ele se sentia. Mas cada palavra dele me enchia de culpa e me fazia questionar se eu devia repensar minha decisão de ficar longe, sabe?

– Ou seja, o bonitão seguia querendo ter um canal de manipulação – concluiu Guga.

– Isso. Aí, a Rebeca, minha psicóloga, mandou eu bloqueá-lo em tudo de novo. Porque se ele seguisse construindo um triplex na minha cabeça a cada mensagem, eu não ia evoluir nunca. Isso foi na quinta. Vocês não têm noção da paz que eu estou desde então.

– Amiga, hoje te reconheci, na sua melhor versão, depois de longo período sem saber quem era aquela pessoa que tinha tomado conta do seu corpo. É nítido como esse corte fez bem para você – disse.

Tocou o interfone. Era tia Ângela. Minha mãe foi abrir para ela e as duas ficaram em pé no jardim conversando por um tempo. Eu já imaginava do que se tratava, mas achei melhor esperar as duas entrarem, antes de palpitar. Não demorou, ambas vieram até nós.

– Filha, estava conversando com a Fernanda e tomei uma decisão. Amanhã vou ligar para uma antiga sócia do Gael e tomar as providências que já devia ter tomado há tempos. Esse Heitor é maléfico e perigoso. Para o abuso psicológico se tornar físico e, quem sabe, até acabar em tragédia, é um pulo. Basta!

Rafa correu e deu um abraço apertado na mãe, aos prantos e sorrindo, tudo ao mesmo tempo. Todos nós choramos junto.

– Obrigada, tia Ângela! Primeiro, por colocar a justiça para frear esse filho da mãe e, segundo, por ter me dado a desculpa perfeita para deixar a emoção escorrer pelos meus olhos, sem vergonha nem cerimônia. Desde que entrei e vi essa casa assim, fazendo eco de tão erma, bateu uma tristeza daquelas, mas eu não podia ficar lacrimejando sozinho, né? – se pronunciou Guga, com a honestidade mais cristalina e pura desse mundo, arrancando risos de todos e, como é de praxe, trazendo leveza até para os momentos mais *darks*.

Trilha Sonora dos Capítulos XXIII e XXIV

1. Visiting Hours – Ed Sheeran
2. In My Life – The Beatles
3. Chega de Saudade – Tom Jobim
4. Home – Phillip Phillips
5. Head Over Feat – Alanis Morissette
6. Take Me To Your Heart – Rick Astley
7. Somebody's Watching Me – Rockwell
8. Livre Outra Vez – Rita Lee e Roberto de Carvalho
9. Count on Me – Bruno Mars
10. Jealous – Nick Jonas

Capítulo XXIII
Novo CEP

Já no começo da semana tivemos a melhor das notícias: o pessoal do escritório do papai conseguiu uma medida protetiva que proíbe o Heitor de chegar perto da Rafa ou de fazer qualquer tipo de contato com ela – seja ao vivo, por telefone, por e-mail, pelas redes sociais, por mensagem... Assim, encerra-se o abuso psicológico e a perseguição doentia dele, impedindo que algo de mais grave, quiçá fatal, acabe acontecendo. Ele já foi, inclusive, intimado. Deve estar subindo pelas paredes de ódio e tendo que explicar para os pais racistas que não só ele namorava uma menina negra, como era completamente obcecado por ela.

Se, por um lado, isso inspirou minha mãe a bolar um projeto ainda mais mirabolante e audacioso para a festa surpresa da Rafa, por outro, me deu a certeza de que, realmente, meu sonho é ser advogada como meu pai. Dito isso, tratei de me matricular no cursinho que os meninos estão fazendo, porque a vida é muito curta para eu me valer de uma tragédia como desculpa para não estudar devidamente nem para o ENEM, nem para o vestibular, e acabar atrasando um ano na minha vida.

No mais, passei meus dias arrumando malas e encaixotando tralhas. A obra a jato da nossa cobertura ficou pronta e minha mãe, que nitidamente está fazendo tudo ao contrário do que me aconselhou e continua sem parar quieta, inventando coisas para se ocupar e não ter tempo para pensar, resolveu adiantar nossa mudança.

Cheguei em casa do colégio e o baque veio. O caminhão estava na porta, os cachorros já tinham ido, a casa toda aberta, a sala totalmente vazia. Tantas lembranças, muita saudade e, como Tom Jobim diria, bateu uma tristeza e uma melancolia que não saíam de mim. Sentei-me na escada, pensei em papai, abracei minha mãe, que olhava para mim e sorria – camuflando uma nítida vontade de chorar. Subi, entrei nos quartos, como doeu: só restavam as lâmpadas, o tapete e eu. Desci com o coração apertado. Fomos embora. Mais uma vez, me despedi do passado.

Não foi fácil, mas necessário. Era hora de recomeçar, construir um presente diferente, ainda com uma dor latente e desesperadora – o que é normal, já que tudo é muito recente, mas sem a saudade estar estampada em cada canto que a gente olhasse.

Entramos literalmente com o pé direito no nosso apartamento. Tudo branco, clarinho, com um astral maravilhoso. Minha mãe caprichou! Brownie e Quindim latindo, agitados, subindo e descendo as escadas, reconhecendo o território e, aparentemente, aprovando o que viam. Janice estava encantada com a praticidade da cozinha que, segundo ela, além de linda, é muito moderna. Eu, apaixonada pela minha suíte, com direito inclusive ao *closet* que eu sempre sonhei. Na sala, poucos móveis aproveitados, já que desproporcionais ao espaço que temos agora. Pelo menos, a clássica mesa da varanda está no terraço da cobertura, de onde temos uma divina e calmante vista do mar. E assim estreamos o nosso novo lar doce lar.

Estava exausta física e emocionalmente, mas muito feliz, com o coração mais manso, me adaptando (bem até demais) àquele novo cenário. Só queria me aboletar no meu quarto, arrumar minhas coisas e colocar as roupas no armário. Porém, o Guga e a Rafa não se aguentaram e apareceram para conhecer o atual cafofo das Albuquerque de Carvalho. Aproveitei e chamei o Conrado, para não rolar ciumeira depois.

Fiz as honras, apresentei aos três a casa inteira, mas como era de se esperar acabamos no terraço, onde o Guga logo começou a traçar estratégias de organização do ambiente para eventos futuros, enquanto a Rafa descobria as maravilhas de som e luz que minha mãe instalou na área coberta do segundo andar. Conrado e eu ficamos encostados na sacada, um ao lado do outro, bem pertinho, quase grudados, admirando o ir e vir das ondas, sentindo aquele cheirinho típico de maresia no ar. Estava tão romântico o momento, que eu tratei de começar a tagarelar para não me deixar levar:

– Como anda o lance com a Gabi? Você nunca mais falou dela.

– Não anda.

Ou seja, era oficial, ela tinha sido apenas mais uma namorada de curta duração na lista do Conrado.

– Que pena! – fingi lamentar.

– Até parece que você gostou dela, Bebel... – disse ele, rindo.

– Não foi a pior com quem você já apareceu, não – continuei, não muito enfática.

– Mas...

– Mas nada. Mentira! Ela era espaçosa para caramba.

Rimos juntos.

De repente, o silêncio voltou a reinar de uma maneira bastante positiva. Senti o Conrado me envolvendo com seus braços, pelas minhas costas, na altura da cintura, entrelaçando nossas mãos e encostando a cabeça no meu rosto, por cima do meu ombro. Desse exato jeitinho, ali ficamos vendo as cores do céu mudando, à medida em que a tarde ia caindo e a noite chegando. Poucas palavras ditas, algumas suaves carícias trocadas, o abraço cada vez mais apertado e os corações batendo frenéticos, acelerados. A boca dele passeando discreta e carinhosamente pela minha orelha, pelo canto do meu rosto, indo até o meu pescoço, arrepiando cada poro do meu corpo. Tantas sensações envolvidas, minhas bochechas quentes, pelando, com capacidade de evaporar até Lantânio – apesar da temperatura ambiente estar BEM amena para os padrões cariocas.

Em determinado momento, no entanto, meio que do nada, Conrado saiu do abraço, me virou de frente para ele e beijou minha testa.

– Vou nessa, Bebel. Tenho uma porrada de dever do cursinho para amanhã. Acabei ficando meio hipnotizado com esse contexto todo e perdi a noção do tempo.

– Que bom que você veio!

– Tenho certeza absoluta de que você e tia Fernanda vão ser muito felizes aqui. Esse apê é o máximo!

Nos abraçamos, até sermos interrompidos pelo Guga.

– Cara, tá indo? Rola uma carona?

– Bora! Vem com a gente, Rafa?

Fiz gestos discretos pedindo para ela ficar.

– Não precisa, obrigada. Agora Belzinha e eu somos vizinhas. Uma quadra e eu estou em casa.

Levei os dois na porta, depois puxei a Rafa para o meu quarto.

– Amiga, você percebeu algum clima entre o Conrado e eu ou é coisa da minha cabeça? Estou ficando maluca?

– Eu notei um carinho além do normal. Algo mais íntimo, sei lá. Mas entre vocês dois eu nunca sei...

– Hoje foi bizarro.

– Rolou alguma coisa que eu não tenha visto?

– Absolutamente nada e, ao mesmo tempo, foi como se tivesse rolado tudo. Até ele me dar um beijo na testa e vazar.

– Desse mato ainda sai cachorro, é questão de tempo.

– Será?

– Quem viver, verá.

Capítulo XXIV
Mais do que amigos, *friends*

Confesso, depois do episódio com o Conrado, fiquei com medo de algo na nossa amizade ter azedado. Muito embora, naquele mesmo dia, ele tenha me ligado na hora de sempre, normalmente, como se nada tivesse acontecido. A realidade é que, para mim, internamente, alguma coisa mudou. Mudou não, né? Se consolidou.

Minha amizade com o Conrado jamais foi igual ao que tenho com o Guga. Isso é fato público e notório. Afinal, o Guga é muito mais do que um amigo, é meu irmão escolhido. Não há sangue que crie um laço de fraternidade tão real e verdadeiro como o nosso, com tanto amor incondicional envolvido. Entre a gente, é ligação de família.

Já com o Conrado é diferente. Ele é aquele melhor amigo que você ama de paixão, com quem você tem uma relação que vale ouro e da qual você não abre mão por nada nesse mundo. Mas, ao mesmo tempo, você se arruma mais quando vai encontrar com ele, você gosta quando rola um chamego mais carinhoso, você tem ciúme (em diferentes níveis) das namoradas dele e, às vezes, vem uma vontade de um dia, quem sabe, a coisa toda ir além, e deixar de ser só amizade. E foi justamente essa parte que aflorou depois do que rolou lá em casa.

Porém, ao que tudo indica, para ele, não significou nada. Afinal, as coisas continuam exatamente como sempre foram. Ele até me contou que vai a uma festa com uma garota do cursinho no sábado. Claro, domingo nosso cinema está super de pé, confirmado, com direito ao Guga e à Rafa nos acompanhando no japa depois. Por um lado, estou feliz que nossa amizade está intacta, por outro, não vou mentir, estou meio decepcionada. Mas, como tudo na vida, isso também vai passar!

Nesse meio tempo, para desestressar, chamei a Rafa para ir assistir ao pôr do sol no Arpoador comigo – vantagens da nova vizinhança. Inclusive, falando nisso, de ficar observando a vista do terraço de casa, descobri que, embora eu odeie ir à praia, sou uma fervorosa amante do mar, com seus sons e movimentos terapêuticos, que trazem uma paz enorme, quando está tudo meio turbulento. O que enfraquece é a areia que há entre nós. Enfim.

Fomos, nós duas, caminhando pelo calçadão, colocando o papo em dia. Porém, de repente, ficou impossível ignorar um certo desconforto na Rafa, que não parava de olhar para os lados, meio inquieta e assustada.

– Amiga, está tudo bem? – quis saber.

– Aham... – respondeu, vaga.

– Nitidamente não está tudo bem, Rafa. Dá para me dizer o que se passa? – perguntei, preocupada.

– Besteira minha. Deixa para lá...

– Poxa, Rafaela. Fala!

– Quando estava saindo de casa, notei um carro estranho do outro lado da minha rua, ali perto da praça. Dava para ver que tinha alguém dentro, apesar dos vidros serem muito escuros. Fiquei com a sensação de que era o Heitor, sabe?

– Imagina! Nunca que ele ia se arriscar tanto. Processo criminal. Delegacia. Ele não é nem doido.

– Pois é. Pensei nisso também. Aí, só acelerei o passo e observei. Como o carro não veio atrás de mim, continuou no mesmo lugar, tirei as minhocas da cabeça e relaxei. Só que, agora, quando a gente estava na altura do Posto 8, eu sou capaz de jurar que vi um carro idêntico passando.

– Amiga, certeza que foi coincidência. Ele não vai desobedecer à medida protetiva. Garanto que os pais dele querem deixar isso o mais quieto possível. Escândalo, nem pensar.

– É, né? Estou paranoica, isso sim.

– Um pouco. Mas é totalmente compreensível. Fato, eu também estaria no seu lugar.

Rimos e seguimos, já com a Rafa mais tranquila – ou, melhor dizendo, menos bolada. Até que, do nada, ela me solta a seguinte pérola:

– Se eu te contar uma coisa, você jura pela alma do seu pai que não fala para o Guga?

– Juro que vou tentar, amiga. Diga.

– Então... Ele segue implicante como sempre. Aliás, esse é o charme do Gustavo, né? – continuou, toda risonha.

– Sim. Conheço bem a figura, Rafaela. Prossiga – disse, imaginando o que vinha adiante, com uma felicidade genuína perceptível no tom da minha voz, por mais ironia que estivesse contida nas minhas palavras.

– Claro que eu não estou apaixonada, nem nada do gênero. Mas, tipo assim, eu estou muito encantada como ele tem cuidado de mim. Sei lá, não fosse ele, a terapia não estaria fazendo tanto efeito, tão rápido.

– É, Rafa... Minha mãe vive dizendo que doença de amor só cura com outro.

– Sua mãe, não, né Bel. A Rita Lee!

Mais uma vez, rimos.

– Aliás, faz todo sentido tia Fernanda viver te falando isso. Essa música é perfeita para a minha ariana favorita! "Doença de amor só cura com outro, o meu coração precisa paixão, senão bate pouco" – cantarolou a Rafa.

– É de lascar essas minhas "arianices", né? Paixão é o meu combustível em todos os campos da vida. Sem paixão, eu mergulho no sedentarismo, não pego impulso, não me motivo, eu simplesmente murcho.

Quando externalizei isso, meu pensamento foi mais longe e logo me veio uma pergunta à cabeça:

– Amiga, será por causa disso que, agora que deu ruim com o Manoel e com o Chico, eu estou misturando os sentimentos com o Conrado e vendo coisa onde não tem?

Embora a Rafa tenha discordado de mim e defendido veementemente que com o Conrado é diferente, que o buraco é mais embaixo, que a ligação com ele é especial e tal, senti um baita alívio por nada ter mudado depois daquele incidente de afeto hiperbólico entre amigos. Vai ver, eu posso ter confundido com algo a mais por carência ou por estar com o coração vazio. Na verdade, vou focar em me convencer disso. É uma boa versão, para não me deixar enfiar os pés pelas mãos.

Chegamos, enfim, ao Arpoador. Compramos uma água de coco e nos sentamos na borda da calçada, bem perto da pedra, sentindo a brisa do mar batendo no rosto e os respingos das ondas molhando nossas pernas. Uma sensação de paz foi chegando, ao passo em que o sol ia se despedindo, lentamente desaparecendo atrás das montanhas, criando uma pintura no céu em vários tons e misturas de vermelho, como se o astro-rei dissolvesse e se espelhasse ao encontrar o mar. Realmente, um espetáculo digno de ser aplaudido de pé.

Ainda extasiadas com aquele show da natureza, mas sem qualquer intenção de dar mole e voltar no escuro sozinhas, tratamos de ir embora logo, antes que a claridade desse adeus de vez.

Eu estava bem distraída, pensando na vida, nós duas em silêncio, até que a Rafa me fez ter um sobressalto.

– Bel, olha quem está vindo ali! – exclamou ela.

Ela foi tão enfática e repentina, que tive a impressão de todos os neurônios sensoriais e motores do meu corpo terem sido estimulados ao mesmo tempo, me brindando com consecutivas sinapses elétricas, que quase destroncaram meu pescoço, tamanha foi a agilidade do meu reflexo.

– É o tal carro de novo? – perguntei sem entender bem para onde eu devia olhar e o que eu estava procurando.

– Não, sua louca! É o Chico.

– Onde?

– Na ciclovia, vindo na nossa direção. Ele já viu a gente – disse, quase sem mexer os lábios, enquanto acenava entusiasmada.

Lá estava o Chico, todo sorridente, em sua bicicleta elétrica, provavelmente voltando do trabalho, com cara de cansado, mas ainda assim um mega-hiper-ultra gato, de terno cinza chumbo e gravata azul, fazendo *ton sur ton* com aqueles olhos que, mesmo depois de tudo, continuam me deixando sem rumo.

– E aí, que bons ventos trazem vocês duas por aqui?

– A gente foi ver o pôr do sol no Arpoador – respondi.

– Bonito demais, né?

– Bonito demais está você assim, todo mauricinho, fantasiado de advogado – brincou a Rafa, enquanto abraçava o Chico.

– E aí, animada para o seu aniversário?

– Nem pensei nisso ainda, amigo. Tanta coisa acontecendo. Tudo tão confuso. Acho que a data vai acabar passando em branco...

– Uai, e a festa de dezoito?

Tratei de interromper correndo o lesado do Chico.

– Vai ter festa e eu não estou sabendo?!? – fiz valer todos os meus anos de Tablado, caprichei na atuação, para não deixar o moço distraído estragar a surpresa que a tia Ângela e minha mãe estão se esmerando tanto para organizar, sem que a Rafa desconfie de nada.

Na hora, o Chico se tocou da mancada que ele (quase) deu.

– Não, Bel. Maneira de falar. Achei que fosse tradição.

– Tradição é festa de quinze anos, menino – comentei.

– Pior é que agora já está tão em cima da hora, que não dá para programar mais nada, né? – se entristeceu a Rafa.

– Que isso, amiga, ainda faltam dez dias. Dá para a gente organizar alguma coisa, sim – disse, só no disfarce.

– Será? Vai ser correria demais. Melhor eu sair para almoçar ou jantar com a minha mãe e a Júlia, mesmo. Provavelmente, meu pai vai querer me ver também. Aniversário, ele sempre surge do nada.

– Rafa, e se a gente marcasse com a galera em um desses quiosques aqui da praia, tipo de noitinha ou final de tarde? – sugeri, bem sonsa.

– Boa, Bel. Eu animo – fez coro o destruidor de surpresas alheias.

– Pode ser uma, sim. Me animei. Vamos ver isso.

Nessa de ficar jogando conversa fora, começou a anoitecer.

– O papo está ótimo, mas está ficando tarde. Bora, antes que minha mãe vete minhas caminhadas vespertinas na praia – mudei o rumo da prosa, porque realmente não quero arrumar problema com Dona Fernanda e ter minha liberdade, recém-conquistada, novamente cerceada.

– Eu acompanho vocês, Bel. Não me custa nada. Manda mensagem e tranquiliza ela.

Como não amar um cara tão cavalheiro?!?

Foi engraçada a volta. De um lado, o Chico pedalando com a agilidade de um cágado, do outro, nós duas andando a passos largos, tentando harmonizar os ritmos dos nossos meios de locomoção. Quando chegamos na minha portaria, convidei os dois para subir.

– Belzinha, não posso. O Guga vai passar lá em casa para instalar o videogame novo da minha irmã.

– Hummmm… – zoei, não resisti.

A Rafa me olhou de cara feia, mas sem conter o risinho de satisfação.

– Eu vou aceitar o convite. Estou querendo mesmo conversar com você – respondeu o Chico, me deixando encasquetada.

Apesar de eu ser a curiosidade personificada, com essa tal história do carro, achei melhor, antes de mais nada, a gente acompanhar a Rafa até em casa, mesmo ela morando a cem metros de mim. Vai que, né? Seguro morreu de velho.

Mal sabia eu, no entanto, o universo gostou do meu gesto de resiliência e resolveu continuar testando a minha ansiedade e toda minha (falta de) paciência. No que entramos, a dona da casa, vulgo Fernanda Albuquerque de Carvalho, resolveu fazer o tour completo de apresentação do apartamento com o menino. Em seguida, a Janinha obrigou o pobre a traçar um jantar proteico junto comigo: omelete com salada de alface e tomate. Como se eu já não tivesse esperado o bastante, o Chico achou por bem contar para minha mãe o furo que ele quase deu com a Rafa. Aí, "de castigo", ela encarregou o coitado de ajudar na logística para a surpresa – o que ele aceitou de bom grado, mas rendeu quase uma hora de papo.

Sei lá quanto tempo depois, Chico e eu enfim fomos para o terraço, onde ficamos sozinhos. Mas ele não foi direto ao ponto. Fez rodeios, ficou falando sobre mil assuntos fortuitos – e eu aflita, roxa para ele dizer a que veio. Papo vem, papo vai, eis que ele olha para mim bastante sério e fala:

– Bel, eu queria te contar uma coisa que basicamente ninguém sabe, mas está me sufocando e eu preciso dividir com alguém.

– Claro, pode falar.

– Pensei em conversar com a Rafa, mas ela conhece meus avós, minha tia, meus primos... Sei lá, não fiquei à vontade.

– Óbvio. Não vai sair daqui. Prometo.

– Fora o que, acho que eu devo essa explicação, antes de qualquer outra pessoa, a você.

– Caramba, Chico. O que houve?

– Na semana anterior àquele dia na praia, eu saí com uns amigos da faculdade. Uma balada meio alternativa. O trem era zero meu estilo. Mas eu conheci uma pessoa incrível, que mexeu muito comigo.

– Por isso você não me beijou e, quando eu beijei você, rolou um certo desconforto? Agora faz sentido.

– Não foi desconforto. Eu só não queria ser desonesto com você de novo.

– Então, por que você disse que estava apaixonado?

– Eu disse que estava apaixonado quando deu a confusão com a Letícia. No dia que a gente ficou, eu já estava super confuso comigo mesmo, cabeça voando longe. De qualquer forma, me desculpa, eu posso ter me expressado mal e passado a mensagem errada.

– Vai ver, eu que entendi errado mesmo. Mas, olha, de verdade, está tudo certo. Relaxa, não se preocupa.

– Juro por Deus, eu nunca tinha gostado de ninguém como eu gostei de você.

– Até aparecer essa menina...

– Aí que está. Não é uma menina. É um cara. O nome dele é Adriano. Não aconteceu nada ainda, mas a gente tem mantido contato direto. E eu não fico ansioso para falar com ele, como eu fico para falar com um amigo. É aquela espera com frio na barriga, sabe? E eu acho que é recíproco. Só que, sinceramente, eu não sei exatamente o que fazer com isso.

– Você tem que fazer o que o seu coração mandar, Chico. – disse, segurando as mãos dele. – Você está gostando dele?

– Muito.

– Então, meu amigo, vai fundo.

– Não é tão simples. Na verdade, é bem complicado. Para ser bem sincero, mesmo eu tendo ficado meio atordoado quando a gente se beijou naquele dia, eu tive esperança de que esse lance com o Adriano fosse passar, que eu ia ver que tinha sido só fogo de palha e que as coisas iam voltar para o lugar. Mas não foi isso que aconteceu...

– Também, com um beijo ruim daqueles!

Gargalhamos juntos e alto, bem alto.

– Agora, falando sério, Chico, pode parar com essa história de que as coisas precisam voltar para o lugar, como se você estivesse no caminho errado. Ou que ficar comigo podia ter feito "passar" o que você está sentindo, como se você estivesse doente ou algo do gênero. Eu, hein?!? Pelo amor de Deus! Pleno 2023 e você ainda no século retrasado, cheio de preconceitos enraizados.

– Eu sei. Isso é medo da reação da minha família. Fui criado em uma fazenda, Bel. No interior de Minas. Povo todo conservador, pensamentos religiosos quase da Idade Média. Aí já viu, né?

– Me lembro de você mencionar com a Rafa que seu avô falou que a verdade liberta. Algo me diz que, de um jeito ou de outro, se você estiver bem e realizado, ainda que precise cortar um dobrado, no final das contas, vai dar tudo certo. E eu vou estar do seu lado nessa.

Nos abraçamos.

– Obrigada por me ouvir, por me acolher, por me entender, por me apoiar... Obrigada por tudo, moça cheirosa!

– Estarei sempre aqui. Conta comigo, *bestie*.

Nisso, meu celular começou a vibrar. Era o Conrado me chamando para nossa clássica conversa noturna. Atendi com o Chico ao meu lado.

– Olá!

– E aí, Bebel?! Ué, está acompanhada?

– E aí, Conrado, beleza? – cumprimentou Chico, metendo a cara na frente da câmera.

– Opa! Fala, Deus grego – respondeu Conrado, arrancando boas risadas, seguidas de um estranho silêncio.

– Bom, não quero atrapalhar o clima. Sei bem como esse terraço aí é convidativo... – continuou ele.

Clima? Terraço convidativo? Será que eu sou movida por paixão e o Conrado por ciúme? Meu Deus do céu, já estou começando de novo a projetar expectativas em cima de algo que não sei se de fato existe ou se é mera ilusão minha.

– Posso te ligar mais tarde? – achei por bem parar por ali, antes que eu me empolgasse e começasse a viajar demais, em vão.

– Amanhã a gente se fala. Vou dormir – despediu-se, inusitadamente ríspido.

No que eu desliguei, fiquei muda por um tempo, pensativa, toda confusa e sem conseguir continuar sustentando, dentro de mim, a tese de que eu estava com sentimentos a mais pelo Conrado só porque estava com o coração vago.

– Impressão minha ou ele não gostou nada de eu estar aqui com você? – quis saber o Chico.

– Bom, já que você perguntou, agora sou eu que vou ter minha sessão desabafo. Pode ser?

E lá se foram mais de duas horas tricotando. Muitas gargalhadas, algumas lágrimas. Confissões. Confidências. Revelações. Uma baita cumplicidade. Mas, acima de tudo, a certeza de que nessa despretensiosa noite de inverno estava nascendo uma belíssima amizade.

Trilha Sonora dos Capítulos XXV e XXVI

1. Listen to Your Heart – Sonia
2. Take on Me – a-ha
3. Deixa a Vida Me Levar – Zeca Pagodinho
4. Vou Deixar – Skank
5. Celebration – Fun Factory
6. Birthday – Katy Perry
7. Marjorie – Taylor Swift
8. Go Your Own Way – Fleetwood Mac
9. I Am What I Am – Gloria Gaynor
10. How Do I Live – LeAnn Rimes

Capítulo XXV

Planos ~~In~~falíveis

Não bastasse a Rafa ter vindo perguntar o teor da minha conversa com o Chico e ter ouvido algo tão evasivo que ela ficou insistindo umas vinte vezes para ver se pescava alguma coisa, ainda tive que aguentar, por dias afora, o Conrado tentando descobrir, de todos os jeitos e formas, o que tinha rolado de novo entre nós dois. Ficou fazendo piadinhas, questionamentos, jogando verde para colher maduro.

O Conrado fez de tudo, mas não conseguiu arrancar nada de mim, muito menos me pegar no pulo. Também, pudera! Realmente não tem nenhuma novidade sobre mim e o Chico para contar. Agora, já que ele me provocou tanto, eu disse a verdade, porém, deixei leves dúvidas pairando no ar. Queria manter o ciúme do Conrado vivo e, ao mesmo tempo, proteger o segredo do Chico.

Apesar de ter feito isso, no entanto, me pergunto muito se esse comportamento do Conrado não é um mero ciúme de amigo. Afinal, se antes eu vivia grudada só com o Guga, agora tem também o Deus grego colado comigo. Mas a verdade é que, até da minha parte, eu não tenho certeza nenhuma de nada e, dito isso, muito maior do que qualquer sentimento que possa estar crescendo pelo Conrado, é o meu medo de algo estragar nossa amizade. Então, o melhor a fazer é deixar quieto e ver no que vai dar. Como diriam o Skank e o Zeca Pagodinho, vou deixar a vida me levar.

Por sorte, além do colégio, do cursinho, do tênis e da psicóloga, essa semana consegui me desligar ainda mais dessa história. Isto porque sábado vai ser a festa da Rafa e, com isso, o Guga e eu estamos que nem loucos, convidando a galera na surdina (o que não é exatamente fácil, quando a homenageada está sempre do nosso lado) e fazendo acrobacias para ninguém deixar escapar nada perto dela. Graças a Deus, até aqui, tudo sob controle. A maioria vem fazendo voto de silêncio e alguns poucos entraram na brincadeira, comentando apenas sobre a suposta comemoração no quiosque aqui em Ipanema.

No mais, já organizamos, passo a passo, todo o esquema a ser executado no dia do aniversário da Rafa, para dar tudo certo e a surpresa acontecer sem sustos nem acidentes de percurso. Fato, o cronograma está super apertado, mas minuciosamente costurado e combinado com os envolvidos, para cada etapa acontecer exatamente como previsto.

A missão é manter a Rafa fora de casa o máximo possível, de modo que a minha mãe possa entrar no prédio e invadir o play com toda a equipe de montagem e produção, fazer a mágica acontecer, sem levantar suspeitas por conta de toda a movimentação.

Primeiro vai ter um brunch com a tia Ângela e a Julinha, depois entra em cena a madrinha da Rafa e, por fim, o pai sumido dela e a nova madrasta. Aí caberá ao Chico resgatá-la no final da tarde, com um atraso previamente programado, para dar tempo da decoração ficar pronta e chegarem os convidados.

Tudo isso sempre sincronizado com o Guga, que vai garantir uma penumbra silenciosa quando a Rafa chegar no prédio, de modo que ela entre pela portaria, suba até o apartamento e se arrume, sem se deparar com qualquer indício ou pista de que haverá festa.

E nosso super planejamento foi ainda mais longe!

Outro dia, a Rafa me mostrou a roupa que ela pretende usar no sábado... Um macacão estampado todo estiloso, bem bonito, mas que não tem nada a ver com a ocasião. Afinal, vai ser uma festona e não uma roda de samba no quiosque do Posto 10, como ela está imaginando.

Então, sabendo que a Rafa ficou enlouquecida com um vestido que vimos juntas em uma loja aqui perto, Chico, Guga e eu nos unimos, dividimos a facada e compramos de presente para ela. É um tubinho azul caneta, lindo de morrer, que vai ficar um luxo com os brincos e o pingente de esmeraldas que ela vai ganhar da tia Ângela. E o Conrado, coitado, na maior inocência, me pediu para comprar algo para ele dar para ela. Resultado: morreu numa sandália belíssima, que eu queria incluir no combo com os meninos, mas a minha mísera mesada não permitiu – e eu não quis pedir para a minha mãe completar, porque ela já está caprichando em cada detalhe e vai transformar o play da Rafa praticamente em uma boate, garantindo a ela uma festa de arromba para comemorar sua maioridade.

Sem esquecer da Aninha que, sabendo da logística envolvida, marcou cabeleireiro e maquiadora, que vão estar na casa da Rafa esperando-a chegar com o Chico, prontos para deixá-la estonteante, além de pronta o quanto antes.

Ou seja, foi tudo pensado e muito bem esquematizado para sábado! Assim, pelo menos por ora, estive literalmente sem tempo para ficar divagando ou me preocupando com assuntos diversos, alheios à festa.

Capítulo XXVI
Viradas

Como de costume, seguindo a tradição da nossa turma, a virada dos dezoito da Rafa foi aqui em casa. Só nós duas, Guga e Chico. Sim, claro, chamei o Conrado. Mas ele disse que não vinha para ficar segurando vela, porque é nítido o clima entre o Guga e a Rafa e, por mais que eu negue, ele está convencido de que rola algo comigo e o Chico. Paciência.

Pedi ajuda ao meu mineiro preferido para levar a Rafa embora cedo, logo depois da meia-noite, porque amanhã o dia vai ser corrido e, apesar de já estarmos exaustos por conta dos preparativos, Guga e eu ainda temos a lista definitiva da festa para fechar. O síndico pediu à tia Ângela para deixar na portaria ainda de manhã. Quando se tem um ex complicado, toda segurança é pouca.

Não vou mentir, não ter o meu pai junto em dia de festa, nem a nossa casa antiga, onde tudo funcionava às mil maravilhas em todo e qualquer evento, está me deixando triste à beça. Porém, com as horas passando e o tempo se estreitando, não há alternativa senão tentar deixar o passado um pouco de lado e seguir em frente – mas hoje está particularmente difícil.

Peguei meu notebook no quarto e me sentei com o Guga na mesa da sala de jantar.

– Que cara é essa, Bel? Aconteceu alguma coisa?

– Saudade do meu pai.

– Vou te confessar. Essa parada de organizar festa me lembra o tio Gael direto.

– Pois é. Quando tinha o meu pai, eu não me preocupava com nada. Ele sempre foi a minha garantia de que, em qualquer situação da vida, tudo ia dar certo, sabe? Ele era meu super-herói particular que estava ali, sempre a postos, pronto para me salvar.

Guga me abraçou, nós dois mexidos e emotivos, além de esgotados, sabendo que o mais cansativo ia ser orquestrar tudo amanhã, para nada dar errado.

Todo esse cenário, no entanto, não me impediu de ficar com ódio da Letícia ter aparecido na lista, nem de ficar irritada quando o Guga me contou que o Conrado ia acompanhado de uma certa Yasmin do cursinho e, tampouco, de ficar intrigada de o Manoel ter confirmado a presença dele sozinho.

– Quem chamou a talarica? – questionei. – Péssima opção se você estiver querendo algo com a Rafa.

– Calma aí, estressadinha. Quem me pediu para colocar ela na lista foi a Aninha.

– É, para a Aninha não dá para dizer não.

– Você ficou com raiva do Conrado ter chamado a Yas?

– Você conhece a peça?

– Faço aula de redação com ela no cursinho. Gente boa.

– Bom para ele, então.

– Te proíbo de pegar o Manoel, Bel. É sério. Não seja reserva de ninguém. Nunca!

– Relaxa, amigo. Sem planos amorosos para a festa.

– Nem com o Deus grego? O Conrado está cismado com isso.

– Cara, esse apelido pegou mesmo, né?!?

Rimos, enquanto meu celular apitou. Era mensagem do próprio membro do Olimpo, me pedindo para colocar um “+ 1” ao lado do nome dele.

– Respondendo à sua pergunta, não, nem com o Chico. Olha o que ele acabou de me pedir – disse, mostrando o celular para o Guga.

– Eita! Você está sem opção, mesmo – me zoou.

– Melhor assim. Deixa eu continuar cuidando de mim. Aí, depois, quando eu estiver bem plena, vou escolher alguém que realmente me mereça.

– Caraca, Bel. Que orgulho de você!

Guga me deu um abraço de urso, antes de, enfim, enviarmos a bendita lista para a tia Ângela. Em seguida, sem demora, ele foi embora. Afinal, nós dois precisamos dormir, porque amanhã vai ser uma verdadeira gincana.

Já estava terminando de passar meus cremes e lavar meu rosto, quando chegou nova mensagem do Chico.

Chico: *Você não vai me perguntar quem é o +1?*

Bel: *Amigo, fiquei MUITO curiosa, mas o Guga estava aqui e, depois, achei que tinha ficado tarde.*

Chico: *Chamei o Adriano para ir comigo. Ele topou.*

Bel: *Mentira?!? Nossa, estou louca para conhecê-lo. Tenho certeza, para você estar encantado desse jeito, ele deve ser um cara muita maneiro.*

Chico: *Tem mais...*

Bel: *Como assim?*

Chico: *Contei para o meu vô. Se eu vou assumir essa situação, ele tem que saber por mim primeiro.*

Bel: *Como ele reagiu?*

Chico: *De início, ficou cabreiro. Desligou logo. Achei que ia me mandar voltar para Minas ou me deserdar. Só que aí não deu nem vinte minutos, ele me ligou de novo e disse que a única preocupação dele é porque a vida já é difícil por si só e, numa sociedade tão cheia de preconceitos, fica ainda mais difícil para um homem gay. Mas que ele me ama mais do que tudo, sempre vai me proteger dos males do mundo e só quer uma coisa, que eu seja feliz. Enfim, me deu a benção dele.*

Bel: *Estou emocionada, Chico. De verdade. Não à toa você é esse cara incrível. Reflexo da família que você tem. Estou transbordando de alegria por você.*

Fiquei realmente radiante. Pode não ter dado certo comigo, mas o Chico é uma das pessoas mais gentis que já conheci. É educado, sensível, amigo, além de ter um coração ainda mais bonito do que os olhos dele – e isso não é uma tarefa fácil. Ele merece todo esse amor.

Pronta para capotar, fui antes ao quarto da minha mãe só dar um beijo de boa noite, crente que ela já estava no vigésimo sono. Na verdade, estava acordada e chorando. Bem baixinho, virada de costas para a porta, o que deixava o som ainda mais abafado. Me sentei na ponta do colchão e fiz um carinho na cabeça dela.

– O que foi, mãe?

– Nada, meu amor. Vai deitar, está tarde.

– É o papai?

– Filha, já nos mudamos, a festa da Rafa é amanhã, meus projetos do escritório estão todos adiantados... Lembra quando você me disse que tinha perdido suas válvulas de escape? Então, chegou a minha vez.

– Vou repetir o que você me disse. A dor é inevitável, não adianta fugir. Só não vale sucumbir, nem se entregar, tem que reagir. Lembra do poema que você me leu?

Ela balançou a cabeça positivamente.

– Então! É isso, mãezinha.

Me aninhei ao lado dela, que me abraçou, como se me pedisse para ficar. E, assim, adormecemos juntas, unidas, mãe e filha. Com saudade, sem ainda saber muito bem como lidar com a falta dele, mas com a certeza de que temos uma à outra, incondicionalmente, sempre. Para o que der e vier.

Trilha Sonora do Capítulo XXVII

1. There's a Party – DJ Bobo
2. Thank u, Next – Ariana Grande
3. Unwritten – Natasha Bedingfield
4. Every Breath You Take – The Police
5. Love The Way You Lie – Eminem e Rihanna
6. Treat You Better – Shawn Mendes
7. We Can't Stop – Miley Cyrus
8. The Way You Look Tonight – Michael Bublé
9. Can't Take My Eyes Off of You – Lauryn Hill
10. I've Been Losing You – a-ha
11. Vogue – Madonna
12. Dancing Queen – Abba
13. Sorry – Justin Bieber
14. Manchild – Sabrina Carpenter
15. Flowers – Miley Cyrus
16. Dangerous – Roxette
17. Movin On – Ian van Dahl
18. Friends – Ella Henderson
19. You Belong with Me – Taylor Swift
20. Just the Two of Us – Sunset Chasers

Capítulo XXVII
Parte I: O começo de um sonho

Chegou o dia da festa! Tudo fluindo perfeitamente bem, sem atrasos ou entraves. Com a equipe de produção do escritório da minha mãe ajudando na montagem, a rapidez com que aquele *play* inóspito se transformou em um salão de contos de fadas foi inacreditável.

A ideia de colocar vários painéis nas paredes, com fotos profissionais da Rafa em preto e branco, misturados com áreas totalmente coloridas, tomadas por colagens feitas com capas de revistas, de todos os tempos e nacionalidades, sem deixar nenhuma das modelos que ela tanto admira de fora, ficou lindo demais, além de totalmente original e personalíssimo. Dona Fernanda arrasa!

Decoração finalizada, iluminação perfeita, DJ com tudo no esquema, *buffet* se organizando na cozinha, Guga pronto, um charme, fazendo estilo mauricinho marrento, tia Ângela belíssima, recém-chegada do cabeleireiro. Ou seja, estava tudo bem adiantado, só esperando chegar o horário da festa começar. Então, minha mãe e eu viemos para casa nos arrumar – com muito mais calma e tempo do que tínhamos imaginado.

Tomei um banho caprichado, sequei meu cabelo – ele vai seguir liso escorrido, eu sei, mas quando rola uma escova, sei lá, dá logo um ar mais bem tratado, ganha um viço, fica mais bonito –, minha mãe fez em mim uma maquiagem digna de profissional! Olho todo esfumaçado, bem delineado, contorno e iluminador perfeitamente aplicados, além do batom que eu mais gosto, um nude rosado, que caiu como uma luva com o blush que ela escolheu.

Se eu já estava em êxtase com o que eu estava vendo refletido no espelho, quase pirei ao trocar o roupão pelo meu vestido prata – aquele que comprei para a festa da Aninha. Ele está melhor do que nunca em mim! Sequei horrores graças a essa dieta proteica que estou fazendo, combinada com uma rotina (insuportável, mas saudável) de exercícios físicos diários. Acho que, pela primeira vez na vida, estou cabendo em tudo que tem no meu armário.

Para fechar com chave de ouro, coloquei uma sandália de plataforma bem alta. Não é por nada, não, fiquei um espetáculo! E o melhor, não era para Manoel, Chico, Conrado ou quem quer que seja, era para mim. Eu estava feliz por me ver assim e nada poderia me deixar mais empolgada.

Esperei minha mãe terminar de se arrumar, controlando o andamento das coisas pelo celular. Por sorte, ela ficou pronta – e lindíssima, vale dizer –, justo quando o Chico avisou que eles iam chegar em vinte minutos. Era hora de voltar para lá!

A festa estava realmente linda, todo mundo no maior alto astral, um clima incrível – Conrado ainda não tinha chegado com a colega de cursinho –, tia Ângela emocionadíssima e o Guga ansioso que nem noivo, esperando a noiva no altar. Então, em determinado momento, ele diminuiu a luz quase a zero e pediu silêncio.

– Ela já vai entrar! – disse ele, todo animado.

Mas alguma coisa deu errado, o semblante dele mudou, senti ele inquieto, tenso, não entendi o que estava acontecendo. De repente, escutamos um grito na rua:

– Rafa!

– É o canalha do Heitor – disse o Guga, nervoso, correndo em direção ao elevador. Fui atrás dele. Tia Ângela veio junto. Minha mãe ficou tentando gerenciar a crise e a curiosidade natural dos convidados.

Chegamos na portaria os seguranças do condomínio, que estavam controlando a lista da festa, conseguiram deter o Heitor, que continuava gritando descompensado, tentando se desvencilhar dos braços que o impediam de ir à frente.

– Eu só quero dar seu presente, Rafaela. Quando eu fiz mal a você? Por que tudo isso? Eu nunca machuquei você. Eu não posso machucar quem eu amo.

A Rafa muda, aos prantos, tremendo, sem ar, tendo uma crise de pânico. Em frente a ela, o Chico, meio que servindo de escudo, mas também assustado e nitidamente preocupado com o estado da amiga.

Quando viu o Guga, a Rafa correu para perto dele, o abraçou pela cintura, encostou em seu peito, virando o rosto para o lado contrário de Heitor, buscando ar e, de alguma forma, tentando se acalmar.

– Está namorando esse carinha, Rafaela? Ele vive na sua casa agora. Que porra é essa?!? – provocou o Heitor, ainda lutando para se livrar do controle dos seguranças.

Então, a Rafa começou a falar, quase sem conseguir completar as palavras.

– Bel, o carro! – disse, apontando para a esquina da praça.

Sim, ela pressentiu certo. O Heitor andava rondando a casa dela e seguindo seus passos. A coisa, de fato, era bem mais grave do que todos nós imaginávamos e a medida protetiva cada vez mais essencial, inclusive à integridade física da Rafa.

– Alguém já chamou a polícia? – quis saber.

– Foi a primeira coisa que eu fiz quando vi esse infeliz – respondeu o Chico. – Aliás, subam com ela, gente. Eu fico esperando aqui e resolvo tudo.

– Eu fico com você, meu filho. Preciso ir atualizando a advogada. – completou tia Ângela.

Entramos com a Rafa, Guga e eu. Enquanto subíamos as escadas da portaria, veio o alívio de ouvir a sirene da polícia se aproximando e a certeza de que, dessa vez, a situação ia ficar bem feia para o Heitor. Mas, acima de tudo, o principal: a Rafa estava sã e salva – e, naquele momento, nada mais importava.

Capítulo XXVII
Parte II: Foi sonho ou pesadelo?

Em casa, devidamente medicada, a Rafa foi se acalmando. Já bem mais tranquila, sorrindo, ela olhou para nós dois e perguntou:

– Vocês estão bonitos assim para ir ao quiosque? Oxe!

Rimos. Guga e eu nos olhamos e, sem precisar trocar uma palavra sequer, decidimos contar para ela o que estávamos tramando. O brilho nos olhos dela, até então apagado, devagarzinho foi voltando, fazendo valer termos destruído nossos planos de surpreendê-la.

– A surpresa não deu errado, gente! Vocês estão doidos? Este carinho era tudo que eu precisava agora. Obrigada, meus amigos tão queridos!

Demos um abraço triplo.

– Entra no banho correndo, amiga, porque a Aninha mandou o Jackson e a Marly aqui para te pentear e te maquiar – interrompi o momento emotivo, mas por um bom motivo.

– Aqueles dois que estavam na sala, mas de tão atordoada que eu estava, nem perguntei quem eram?

– Sim, os próprios. Já estão deixando tudo no esquema para fazer você divar – respondi.

– E você, hein, Isabel? Que espetáculo a senhorita está!

Nos abraçamos. Nesse momento, o Guga aproveitou para pegar a caixa que estava em cima da cama e deu para ela.

– Presente meu, do Chico e da Bel.

– Não estou crendo! Essa loja é muito mara! – comemorou a Rafa, enquanto abria com todo cuidado o papel fino do embrulho. Quando viu que era o vestido que ela tinha se apaixonado, deu para sentir que, pelo menos naquele instante, o trauma havia sido deixado de lado e a alegria voltado à sua alma.

– Vocês são loucos! Esse vestido é uma fortuna. Mas eu amei num grau... Aliás, eu amo vocês num grau, que nem sei!

– Isso que importa – disse um sensibilizado Guga.

Seguindo o embalo, dei para ela o presente do Conrado.

– Mentira que vocês pensaram até no sapato?!? Cadê esse menino que eu quero agradecer!

– Deve estar lá embaixo com a Yas – respondi, valendo ressaltar que o "Yas" foi dito com uma ironia cantada, meio entojada e sem qualquer tipo de simpatia.

– Bom, vou deixar você se arrumar aí e vou descer para liberar o som e ligar as luzes – pontuou Guga.

– Verdade! Está todo mundo em silêncio e no escuro, para não estragar a surpresa, que já foi pelos ares – completei, risonha.

No que o Guga foi saindo, tia Ângela e o Chico estavam chegando.

– E aí, mãe, o que aconteceu com o Heitor?

– Foi pra delegacia. A Dra. Gisela, advogada do escritório do Gael, me disse que vai tomar todas as providências devidas para que sejam aplicadas penalidades rígidas ante esses fatos novos. Espero que ele passe ao menos essa noite por lá, no sufoco.

– Eu tenho pena, no fundo. Não acho, de verdade, que ele ia me machucar.

Nessa, o Guga entrou de novo no quarto e, literalmente, perdeu as estribeiras.

– Porra, Rafaela, está maluca? O cara é um racista, misógino, narcisista. Você viu o seu estado só de olhar para ele? Para você, machucar é o quê? É só levar porrada física? Não! Ele espancou sua alma e sua mente. Ferrou com seu psicológico. Sugou suas energias. E continua te manipulando, tanto que você ainda sente pena dele, como se ele fosse a vítima, não você.

– Eu sei que ele não é vítima, Guga. Mas é triste ver alguém que eu amei tanto nessa situação. Ficou um carinho por tudo que vivemos... Então, sim, eu lamento.

– Carinho?!? Não, Rafaela! O que você sente é medo, pavor.

Chico e eu tiramos o Guga de lá. Era melhor descer, espairecer, deixar a poeira baixar, enquanto tia Ângela assumia a função de ajudar a Rafa a se arrumar.

Mas é aquilo, né, sem emoção, não tem graça – rindo de nervoso.

Capítulo XXVII
Parte III: Tentando recomeçar o sonho, mas... fez-se o caos

Chegamos no play, luzes e som bombando, todo mundo se divertindo e a fofoca rolando solta. Guga deu show, falou que ia embora, que não podia mais assistir à Rafa se afundando, que ele estava exausto. Só sei que, em determinado ponto, minha mãe o chamou no canto, foi muito carinhosa – essa tática funciona bem com ele –, falou algo que fez efeito e ele resolveu ficar pelo menos mais um pouco.

Senti que o Chico estava nervoso, ansioso, mexendo nas mãos sem parar e toda hora olhando para a porta, esperando o Adriano chegar. Fiquei do lado dele, segurei suas mãos e sussurrei:

– Vai dar tudo certo. Você não está sozinho. Fica calmo, amigo! – seguido de um beijo terno na bochecha dele.

Óbvio, nesse exato momento, o Conrado adentra o recinto devidamente acompanhado.

– Fala, Bebel! – veio todo estusiasmado, me dando um abraço carinhoso. – Essa é a Yasmin.

– Prazer, Yasmin! Tudo bem? – demos dois beijinhos cordiais.

– Yas, esse é o Chico, mais conhecido como Deus grego, namorado da Bebel.

O Chico ficou meio chocado, mas estava abalado demais com o acontecimento de mais cedo e, ao mesmo tempo, tenso demais com o que estava por vir, para sequer discordar, muito menos discutir. Apenas cumprimentou a garota e deixou para lá.

– Yasmin, o Conrado cismou que o Chico é meu namorado. Mas somos apenas bons amigos, tá? – esclareci.

– Que pena! Vocês fariam um casal tão bonito. Os dois são lindos – respondeu ela, um verdadeiro amorzinho. Se bem que... Um pouco forçada. Meio simpática ao extremo. Mas, definitivamente, melhor do que a última.

– Também acho, Yas. Aliás, Bebel, meu Deus do céu! – comentou o Conrado, conduzindo minha mão para eu dar uma voltinha. – Você está tão gata, mas tão gata, que está até ofuscando o olho do Chico.

Apesar de não ter desgostado da menina, precisava dar um abraço apertado no Conrado e agradecer aquele elogio tão espontâneo e visceral, que me fez um bem danado. Em seguida, sim, banquei a sonsa:

– Relaxa, Yas! Aqui, todo mundo é só amigo.

Nós quatro rimos, inclusive o Chico que, por um triz, não deixou a cerveja que ele estava bebendo sair pelo nariz.

– Vou ali dar parabéns para a tia Fernanda. Afinal, você é uma legítima obra-prima e ela que é a artista! Daqui a pouco volto aí – continuou Conrado, mas dessa vem em tom de zoação plena.

Nisso tudo, eu estava atenta ao Guga. Sentado no bar, triste e cabisbaixo. Sem exagero, em vinte minutos, ele bebeu umas três cervejas. Com o olhar perdido, sem dar um pio. A cara do fracasso. Fui até ele.

– Guguinha, o que se passa? – perguntei, enquanto me sentava na banqueta ao lado da que ele estava.

– Nada, Bel. Eu só não quero mais gostar de ninguém. Vou viver solto, livre, fazendo minhas merdas, sendo a alegria da galera, sem me apegar. Eu me apaixono e vem à tona um Gustavo completamente sensível, intenso, emotivo, que só escuta a porra do coração. Essa versão minha que deixa a razão de lado, eu não sei lidar, não consigo controlar e acabo sempre me ferrando.

– Amigo, não era para eu estar dizendo isso, mas a Rafa está encantada com você. Me disse que, por sua causa, a terapia está funcionando tão bem para ela. Pensa nisso. Não pira, nem se desespera. Dá tempo ao tempo.

– Bel, você não viu hoje?

– Vi! Ela correu para o seu abraço, quando ela podia ter corrido para o meu, para o da mãe dela, para o do Chico. Ela escolheu você como porto seguro.

– Sim, eu virei o melhor amigo. Mais uma que me põe na *friendzone*. Basta eu me apaixonar que isso acontece.

– Acredita em mim, não é nada disso. Ela está saindo de uma relação abusiva, com dependência emocional. Ainda tem a questão do racismo, que desperta gatilhos nela, faz ela se sentir diminuída. É tudo muito forte, muito pesado. Nada é simples nesse contexto que ela está vivendo. Não seja infantil. Continua sendo o amigo, o porto seguro, porque os sentimentos que estão nascendo daí, eu juro, não são de mera amizade. Pelo contrário!

– Vai por mim, eu sou só um amigo especial. Assim, tipo o Conrado para você.

– Olha, isso não é ruim, não.

– Claro que é. O cara mexe com você que eu sei, mas a amizade vai sempre prevalecer.

– Guga, para com isso. Esse baixo astral não combina com você.

– Você que está certa. Seu mundo caiu, você está se reconstruindo, cada dia mais bonita, mais segura de si, mais madura. Encarando as porradas de cabeça erguida. Sério, quando vi você chegar hoje, fiquei bolado – no bom sentido, claro. Você perdeu seu jeito de menina, está um mulherão. Gata, poderosa, firme. Eu só pensava em como tio Gael, lá de cima, deve estar orgulhoso da filha incrível que ele criou.

E lá estava eu abanando o rosto para não chorar e a maquiagem toda ir para o brejo. Ainda não era hora de a Cinderela virar Gata Borralheira. Mas a determinação tem poder e, embora tenham escapado algumas lágrimas, consegui domar o pranto apocalíptico.

Chegou mensagem para o Guga. Era a tia Ângela avisando que a Rafa estava, enfim, descendo. Mesmo magoado, confuso, se sentindo preterido, lá foi ele fazer a surpresa *fake* acontecer da melhor forma possível. O Guga tem prazer em fazer quem ele ama feliz. E é incansável nisso – ainda que, por dentro, ele esteja em frangalhos.

A Rafa saiu do elevador estonteante, de mãos dadas com a mãe. Parecia uma atriz de série americana passando pelo tapete vermelho de uma premiação. E com um sorriso cravado no rosto, que foi um verdadeiro alento para quem presenciou o desespero incontrolável dela um pouco antes. Ela correu para agradecer à minha mãe e, juntas, elas ficaram olhando todos aqueles painéis misturados, sob os efeitos das luzes que ficaram sensacionais, com Dona Fernanda explicando todo o processo criativo até chegar naquele projeto final.

Em seguida, a Rafa deu um abraço caloroso no Chico e em mim, restando ao Guga um agradecimento afetuoso, mas com uma certa distância, sem o mesmo afã dedicado a nós dois. Certamente não deu tempo dela digerir tudo o que o Guga falou. Eu sei que a ferida nele aumentou, mas não era momento para resolver isso.

Com a aniversariante entre nós, a festa seguiu animada. Bebida rolando solta, música maravilhosa, pista de dança lotada – e os cantos e becos da festa também. De repente, flagrei minha mãe saindo à francesa, me dando um tchauzinho discreto da porta – ela estava exausta!

Foi nesse momento que meu olhar cruzou com o do Manoel. Parece que ele sabe o poder daquele maldito sorriso porque abriu um bem caprichado assim que me viu. De cara, comecei a suar. Ele veio até mim, já chegou segurando minha cintura e me cumprimentando com um beijo na bochecha bastante ousado.

Claro, como de costume, meu corpo reagiu de forma intensa à presença dele e a todos aqueles toques. Não adianta eu mentir, tentar esconder ou me enganar, ele me tira do sério. É reflexo. Mas hoje, definitivamente, eu estava decidida a resistir. Não me interessa ter mais uma noite espetacular com o Manoel para a coleção, sem qualquer chance de evoluir a relação.

Percebendo minha negativa definitiva, ele me puxou para a varanda, onde tinha menos barulho e a gente poderia conversar melhor – sob supervisão atenta do Conrado, que estava seguindo meus passos com o olhar.

– Bel, isso é por causa da Giovana?

– Sim e não.

– Como assim?

– Manoel, a minha vida está mudando inteira, contra a minha vontade. Eu estou lidando com perdas de todos os lados, sentindo falta do meu pai, que era sinônimo de amor e proteção. Claro que eu não quero um namorado paternal, mas quero alguém que me deixe segura, que me faça sentir especial, que me dê estabilidade, sabe? Ficar com você é sempre sensacional, e cada vez é melhor do que a outra, só que é uma montanha-russa de emoções e sentimentos que, nesse momento, eu prefiro não lidar.

– Então não tem a ver com a Giovana...

– Tem. Com ela você quis namorar, assumir um relacionamento. Comigo, era muita promessa e pouca ação. Zero mágoas, mas não é disso que eu preciso agora.

– Então, me deixa dizer uma coisa. A Gi e eu, a gente não está mais junto. E muito por sua causa, depois daquele dia na praia. Não adiantava eu estar com ela, pensando em você.

– Jura que você vai vir com essa? Cara, Manoel, melhore!

Deixei o babaca com aquele papinho engana-trouxa de lado, me levantei e, aproveitando que começou a tocar *Flowers*, da Miley

Cyrus, fui dançar. Afinal, como diz a música: "*I can take myself dancing, and I can hold my own hand, I can love me better than you can*". Ele veio atrás de mim, falando que nem uma carretilha. Graças a Deus, com o som aos berros, eu não conseguia escutar mais nenhuma asneira que ele insistia em proclamar.

Apesar de tudo, eu estava de boa, o Manoel não fez nada que me desrespeitasse ou que fosse contra minha vontade – apenas tentou insultar minha inteligência. Porém, quando eu vi, o Conrado veio do nada, extremamente nervoso, empurrando o menino e mandando ele vazar. Rapidamente chegou a turma do 'deixa disso', o rompante foi interrompido e a festa seguiu em paz.

– O que foi isso, Conrado? – perguntei.

– Moleque folgado, insistente. Não é não!

– Ele não fez nada demais... E se fizesse, não precisava de briga. Eu sei me defender sozinha. Por essas e outras, você precisa assistir *Barbie* amanhã.

Rimos.

– Pronto! Já vi que *Oppenheimer* vai ficar mesmo pra semana que vem. Amanhã vai ser muito rosa e Ryan Gosling, com aquele colírio que é a Margot Robbie para contrabalançar.

– A Yas está de boa com isso?

– Nem perguntei. Se não estiver, problema é dela. Nem namorada ela é, Bebel. Nem jamais será!

– Que horror, Conrado!

– Lá vem você de novo fingir que gostou da garota...

– Melhor do que a Gabizinha – falei o nome dela com uma entonação sarcástica.

Rimos.

Olhei para a porta e vi o Chico cumprimentando um cara. Se esse for o Adriano, Jesus, esse sim é um casal deslumbrante.

Obviamente, me desvencilhei discretamente do Conrado e fui lá assuntar.

– Oiê. Viu a confusão que o Conrado quase arrumou com o Manoel? – tratei de puxar qualquer conversa para ser apresentada ao segundo homem mais bonito da festa.

– Oi, Bel, não vi nada. Estava esperando o Adriano... Aliás, Dri, essa é a Bel, minha mosqueteira favorita, minha confidente e melhor amiga, a única que, até ontem, sabia de nós dois.

Adriano e eu nos abraçamos.

– Que prazer conhecer você, Adriano. Finalmente! Já escutei tantas coisas boas a seu respeito...

– Digo o mesmo de você.

– Qual foi dessa confusão com o Manoel e o Conrado? – quis saber o Chico.

– Nada, não. Ciúme de amigo.

– Ai, Bel, esse trem de ciúme de amigo entre vocês dois, para cima de mim, não, né?!

Gargalhamos. Quando notei, percebi que os dois estavam de mãos dadas, sambando de salto agulha na cara da sociedade. AMO! Logo chegou a Rafa, querendo se inteirar das fofocas.

– Dri, essa é a Rafa, a aniversariante. Minha amiga de infância. Rafa, esse é o Adriano, meu namorado.

Rafaela quase teve um colapso nervoso de novo, tamanho o susto, mas adorou a novidade.

– Parabéns, Rafa! Festa e aniversariante, ambas muito lindas.

– Obrigada, querido! Seja muito bem-vindo! E cuida bem do meu amigo. Ele é raro.

Os dois riram um para o outro, trocaram olhares cheios de carinho e deram um selinho.

Flagrei o Conrado olhando de longe, pasmo, sem acreditar em um casal tão improvável, diante das histórias que ele fantasiou na cabeça dele. Quando percebeu que eu tinha visto sua reação, ele sorriu e fez um coração com as mãos. Fofo! Mandei uma mensagem.

Bel: *Vai parar de encher meu saco agora? O Chico tem namorado, eu só não podia te contar.*

Conrado: *Não está mais aqui quem te perturbou. Avisa para o Deus grego que eu vou parar.*

Recado do Conrado dado, Rafa e eu tratamos de sair de perto para dar privacidade ao casal.

– Tão feliz pelo Chico, mas com muito medo da reação da família dele – comentou a Rafa.

– Ele também estava. Apavorado. Mas o avô dele foi fenomenal.

– Ué, você já estava sabendo desse babado antes? O que o vô Eugênio falou?

– Lembra da conversa que ele queria ter comigo aquele dia? Então, era isso. Longa história, te conto todos os detalhes outra hora.

Rafa foi dançar com a Aninha. Antes de me juntar a elas, precisava desesperadamente fazer xixi. Estava apertada há horas, não dava mais para segurar. O pior é que, apesar da luz do banheiro estar apagada, a porta estava trancada e, à medida em que o tempo ia passando, minha vontade só aumentava e nada de saírem de lá. Então, antes que acontecesse uma catástrofe, dei aquelas três batidinhas clássicas.

– Mil desculpas, mas eu preciso muito entrar.

Quem me sai do banheiro? Guga e Letícia.

Eu sabia que aquela mágoa toda do Guga misturada com álcool em excesso ia dar ruim. Essa despudorada não perde oportunidade. Devia ter uma advertência do Ministério da Saúde, que nem em rótulo de cigarro: se estiver vulnerável e embriagado por conta de um coração partido, fique longe da messalina da Letícia. Ela vai se aproveitar de você.

– Desculpa, meu bem – disse a sonsiane, depois de uma ombrada "acidental", saindo do banheiro cheia de marra, elegantíssima como sempre, sem perder a pose, puxando o Guga todo amassado pela mão, com a boca borrada de batom.

– Viu como se apaixonar é uma droga?! Bastou eu esquecer a garota, que ela se jogou em cima de mim e não me deu opção. Juro que eu nem queria. Mas a carne é fraca, né, fazer o quê? – sussurrou o Guga, debochando da situação, escancarando o quão machucado estava por dentro.

Fiz meu xixi voando, me equilibrando para não encostar em nada, e logo voltei para a festa. Certeza de que a reação da Rafa a esse dueto não vai ser das melhores. Dito e feito. Foi eu dar as caras na pista de dança para ela me puxar para o canto.

– Amiga, você viu quem o Guga está pegando?

– Vi.

– Precisava disso, no meu aniversário?

– Não. Mas...

– Mas o que, Isabel?

– Amiga, em tese, vocês são só amigos. Ele está deixando na cara que quer mais, muito mais do que isso. Será que você está sendo tão direta assim com ele? Se é que você está nessa mesma sintonia.

– Você sabe que eu estou começando a gostar dele, mas eu ainda não estou pronta para me relacionar com ninguém.

– Eu super entendo. Acho absurdamente compreensível. Mas enquanto você não abrir o jogo com ele, falando exatamente o que acabou de me dizer, para ele saber onde está pisando, fica difícil cobrar alguma coisa.

– Quer saber, esse assunto não dá para eu falar com você. Sua ligação com ele é muito mais forte do que comigo. Vai lá passar pano para o seu amigo.

Sem nem me deixar responder ou argumentar, a Rafa saiu fula da vida, virou uma taça de espumante e foi dançar com Aninha e companhia – onde se incluía um soltinho Manoel. Era a deixa perfeita para eu sair de cena.

Me despedi do Chico e do Adriano. Não achei o Conrado. Dei um abraço apertado no Guga e implorei para ele beber uma água, comer um doce, largar a Letícia e ter juízo. Dei um beijo na tia Ângela e na Julinha e fui-me embora.

Quando cheguei lá embaixo, me deparei com a Yasmin metendo o dedo na cara do Conrado, no meio da calçada, falando bem acima de um volume razoável, reclamando e cobrando coisas que, pela expressão corporal dele, nitidamente ele não está disposto nem disponível para oferecer a ela. Tentei não fazer barulho, mas quando bateu o portão do prédio, eles me viram saindo. Sorri sem graça, acenando em despedida. No que ele veio falar comigo, ela segurou o braço dele e disse em alto e bom tom:

– Se me deixar aqui falando sozinha para ir atrás dessa garota de novo, eu vou embora e nunca mais olho na sua cara.

– Tchau, Yas! Seja feliz – respondeu o Conrado cheio de ironia, de costas para ela e sem olhar para trás, enquanto passava o braço em volta do meu ombro e seguia comigo, em silêncio (acho que ele estava atordoado com aquela gritaria toda), até o quarteirão seguinte, me deixando em segurança na porta de casa.

– Obrigada!

– Sempre um prazer, Bebel.

– Como a Rafa brigou comigo e o Guga pegou a Letícia, nosso programa amanhã provavelmente vai ser nós dois, mesmo.

– Nós dois, a Barbie, o Ken e, pelo visto, altas fofocas. A gente não precisa de mais nada, nem de mais ninguém.

Pura verdade.

Trilha Sonora dos Capítulos XXVIII e XXIX

1. Night Changes – One Direction
2. We Are Never Ever Getting Back Together (Taylor's Version) – Taylor Swift
3. Let It Be – The Beatles
4. I Can See Clearly Now – Jimmy Cliff
5. La Vie En Rose – Lady Gaga
6. The Promise – When in Rome
7. The Closer I Get to You – Roberta Flack e Donny Hathaway
8. For The First Time – Rod Stewart
9. Save The Best For Last – Vanessa Williams
10. (Everything I do) I Do It for You – Bryan Adams

Capítulo XXVIII
Metamorfose Ambulante

O domingo amanheceu combinando com meu estado de espírito: cinza. Para tentar levantar meu astral, minha mãe preparou meu café da manhã preferido, exatamente como meu pai fazia. Comprou pão francês quentinho, queijo Minas fresco e suado, além de presunto fatiado bem fininho. Para completar, ainda fez um suco de caju de tomar rezando e encomendou um bolo de banana que eu simplesmente amo. Sim, hoje eu me permiti carboidratos, estava precisando de uma fonte extra de energia.

Não bastasse esse farnel ao melhor estilo Gael, servido com a toalha de xadrez vermelha e branca, na mesa do terraço, com Brownie e Quindim aos meus pés, implorando para serem lembrados e agraciados com um farelo de comida qualquer, meu despertar teve direito, além de tudo isso, à ilustre presença de Gustavo Neves, ainda com a roupa da festa de ontem e totalmente de ressaca – mais moral do que etílica, vale dizer.

– Belzinha, não me odeie por causa da Letícia, não, tá?

– Guguinha, nem aquela messalina é capaz de me fazer deixar de amar você.

– E a Rafa?

– Aí você vai ter que perguntar direto para ela. Ela não está falando comigo.

– Como assim? Por quê?

– Porque eu meti o bedelho na história de vocês e ela disse que eu estava do seu lado.

– Que lado? Não tem lado. Nós dois estamos do mesmo lado.

– Não vou nem dizer o nome do problema...

– Letícia?

– Meu conselho é: conversem. Se abram. Não deixem nada subentendido. Não presumam que um sabe como o outro está se sentindo. Se declarem. Se desculpem. Joguem limpo. Coloquem as cartas na mesa. Sinceramente, vocês não têm nada a perder fazendo isso, só a ganhar.

– Você acha que vale essa conversa, depois de eu ter cagado tudo?

– A partir de agora, só vou torcer. Não vou mais me meter, muito menos opinar. Vocês dois estão bem grandinhos, se virem sozinhos. A única menor de idade nesse trio sou eu.

Rimos.

– E a sua situação com ela?

– Deixa o álcool evaporar, ela pensar e repensar, digerir tudo o que aconteceu, refletir... Quando ela quiser conversar, estou aqui.

– Pelo menos entre a gente está tudo certo, né?

– Claro que está. E sempre estará, mesmo que de vez em quando eu queira te matar. Irmãos são assim, né?

Rimos de novo, com uma troca de olhares cheia de cumplicidade.

Depois desse papo, o Guga comeu que nem uma baleia azul esfaimada. Pediu à minha mãe um remédio para dor de cabeça, em seguida me deu um abraço apertado, fez mais juras de amor fraterno e eterno – coisa de pós-bebedeira, quando ainda não se está totalmente sóbrio – e foi, enfim, dormir em casa.

– Caramba, minha filha, pelo visto a festança deu pano para manga – comentou mamãe, que estava atenta à minha conversa com o Guga.

– E olha que eu vim embora cedo!

Eis que chega mensagem do Chico.

Chico: *Bom dia, moça cheirosa! Como você está?*

Bel: *Estafada, mas bem. E você, como está tudo com o Adriano? Achei ele um gato e supersimpático.*

Chico: *Temos que combinar de sair para vocês se conhecerem direito, sem música alta e, principalmente, sem aquela atmosfera caótica.*

Bel: *Com certeza! Me conta, o que mais rolou depois que eu fui embora?*

Chico: *Você ainda não soube?*

Bel: *Não... O Guga acabou de sair daqui e não me falou nada.*

Chico: *Ele saiu com a Letícia de lá logo depois de você.*

Bel: *Aff... Mas conta aí, qual foi?*

Chico: *Acho melhor a própria Rafa te contar.*

Bel: *Ela brigou comigo, Chico. Me fala, vai.*

Chico: *Eu devia ficar quieto, não devia pôr lenha na fogueira. Mas você vai acabar sabendo de qualquer jeito. Talvez seja melhor saber por mim, que vou te contar com o devido cuidado.*

Bel: *Desembucha.*

Chico: *Depois que a tia Ângela subiu, a Rafa começou a beber demais da conta – parecia aquele dia na sua resenha, lembra? Só que, ao contrário da gente, o pessoal estava incentivando a bebedeira dela.*

Bel: *Que droga! Eu devia ter continuado lá.*

Chico: *Aí, ela chorou por causa do Heitor, falou um monte do Guga, disse que você nunca foi amiga dela de verdade.*

Bel: *Eita!*

Chico: *Resumindo, Bel, ela estava fora do juízo perfeito e acabou fazendo besteira.*

Bel: *O que ela fez?*

Chico: *Ficou com o Manoel.*

Se fez um minuto de silêncio e de inércia na nossa conversa.

Bel: *Desnecessário, decepcionante, mas ok, vida que segue. Só que o Guga vai surtar. Mas, quer saber, ninguém está de santo nessa história. Bom que empataram o jogo, talvez agora consigam se desculpar mutuamente e se acertar.*

Com essa notícia chega oficialmente ao fim a era Manoel e Chico. Um foi rebaixado a *boy* lixo. O outro, promovido a grande amigo.

Fiquei chateada com a Rafa, claro. E não é sobre o Manoel. É sobre ela, é sobre a gente. Jamais teria ficado com alguém de quem ela realmente gostasse ou tivesse gostado. Porém, por outro lado, não tem como ignorar e não levar em conta tudo o que ela vem passando. Logo eu, que também já perdi tanto esse ano. Não quero perder mais nada, muito menos uma amiga tão querida, de tantos anos, por causa de um cara que nunca soube me dar o devido valor. Só preciso de um tempo para assimilar e digerir todas essas coisas. Se eu bem me conheço, não vou esquecer. Mas, com certeza, vou perdoar.

Dito tudo isso, antes de me arrumar para o meu programa de domingo com o Conrado, fiquei um tempo sozinha, pensando na vida, deitada na espreguiçadeira do terraço, me acalmando com o ir e vir das ondas do mar – que, pasmem, hoje estavam mais estressadas do que eu – e vendo a chuva querendo chegar. Aos poucos, no entanto, o tempo foi abrindo, as nuvens deram espaço a um leve mormaço, que foi se espalhando até o dia ficar totalmente ensolarado. Talvez inspirada pela beleza dessa transição poética, que deixou para trás um tom de melancolia, recebendo de braços abertos um céu iluminado, irradiando alegria, vi o cinza que esfumaçava minha alma ir se dissipando no ar.

Querendo a gente, ou não, as coisas se transformam, se renovam, se reciclam, se ressignificam... As coisas mudam o tempo todo. A vida é assim. Só nos cabe aceitar e, sempre que possível, aproveitar o momento.

Capítulo XXIX
E se...

Quando o Conrado e eu chegamos para assistir *Barbie*, percebi que meu senso de humor não só tinha melhorado, como estava combinando com o céu ao entardecer, com os baldes de pipoca e com a roupa de nove entre cada dez pessoas que estavam lotando a sala dois do Cinema Leblon naquele domingo carioca: um verdadeiro mar de rosas!

Claro, antes do filme começar – e a gente chegou cedo para caramba –, aproveitei para atualizar o Conrado, deixando ele a par do que tinha passado batido durante a festa, bem como dos últimos acontecimentos, que se deram depois da gente ir embora.

– Fogo cruzado não dói. Rafa não pode reclamar da Letícia, Guga não pode falar nada do Manoel. Agora, amiga traíra é pior do que inimiga.

– Nossa, Conrado. Que veneno, hein?! Está parecendo até o Gustavo quando está irritado.

– Ué, só falei a verdade.

– Ela está lidando com mil problemas. Não consigo ficar com raiva.

– Bebel, você perdeu seu pai! Vê se você está usando isso de justificativa para ser babaca com alguém?! Eu, hein! Para de arrumar desculpas para os erros da Rafaela.

– Não falo mais nada – disse, rindo e entupindo minha boca de pipoca.

– Eu sempre vou comprar seu barulho, sempre vou ficar do seu lado. Mesmo se você estiver errada. Imagina nessa situação, então, que você está coberta de razão?!

– Por essas e outras que eu te adoro! – disse bem baixinho, porque o trailer já tinha começado. O que não me impediu de aproveitar para me apoiar no braço da cadeira e dar um beijo rápido na bochecha do Conrado.

Em um misto de retribuição e agradecimento, ele pegou minha mão e a beijou, com carinho e sem pressa. Depois disso, não a soltou mais. Estávamos oficialmente de mãos dadas no cinema – o que, nos tempos da minha avó, era praticamente namoro.

– Eu comecei a repensar um monte de coisas, Bebel – sussurou, em um tom quase inaudível, intimista. Eu senti o vento daquele murmurinho arrepiando cada célula do meu corpo.

– Sério? Tipo o quê?

– Essa minha mania de engatar uma garota aleatória na outra, sabendo que nenhuma tem nada a ver comigo e todas têm curtíssimo prazo de validade...

– Você não gosta de ficar sozinho.

– Não! Aí que está. Eu fujo de ficar sozinho, porque tenho medo de encarar a realidade.

– Como assim?

– Ontem, quando a Yasmin entrou naquela onda de querer me fazer optar entre você e ela, de repente eu me dei conta de que você sempre vai ser a minha escolha óbvia e certa. Não importa quem seja a outra opção.

Nos olhamos, rimos um para o outro. Não era um olhar de amigo, tinha desejo. Muito menos um riso inocente, tinha vontade. O clima estava definitivamente diferente entre a gente.

Meu coração estava em disparada, como se eu tivesse corrido uma maratona, ao meio-dia, em pleno verão. Dentro de mim, um fervor inédito – não se tratava apenas da quentura de larvas magmáticas, era um verdadeiro vulcão em erupção. Mas também havia um receio muito grande de estar me iludindo e entendendo tudo errado. Daí, então, ele foi bem claro.

– Sempre foi você, Bebel. Sempre vai ser.

A essa altura, o cinema inteiro estava mandando a gente calar a boca.

– Conrado... E se der errado? Por mais que a gente diga agora que não, é claro que vai abalar nossa amizade. Eu não sei se quero correr esse risco.

– E se der certo? Sem correr riscos, a gente abre mão das melhores coisas da vida, sem nem tentar. A gente se deve essa tentativa. A gente merece pagar para ver.

Juro que eu me esforcei, mas foi impossível dizer não.

Nos beijamos e, pelo resto do filme, não incomodamos mais ninguém com palavras. Afinal, nossas bocas estavam ocupadas, recuperando o tempo perdido com pessoas erradas.

Se vai dar certo ou errado, só Deus sabe. O tempo dirá. Ou, como bem disse a Rafa, quem viver, verá.

FIM – na verdade, apenas o começo.

Playlists da Bel

A Prefeitura do Rio, por meio da Secretaria Municipal de Cultura, cuida de um dos maiores patrimônios brasileiros: a cultura carioca.

São mais de 50 equipamentos espalhados por toda a cidade, entre teatros, arenas, museus, bibliotecas, salas de leitura e centros culturais. Uma das maiores redes municipais de equipamentos de cultura da América Latina.

Investimos mais de R$ 200 milhões por ano em cerca de 1.200 projetos pensados, produzidos e estrelados pela cena cultural carioca. São milhares de empregos gerados e um grande aporte financeiro para a cidade.

Criada em 2013, a Lei Municipal de Incentivo à Cultura da cidade do Rio de Janeiro (Lei do ISS) é o maior mecanismo de incentivo municipal do país em volume de recursos e busca estimular o encontro da produção cultural com a população. Acreditamos que a cultura é um vetor fundamental de desenvolvimento econômico e social e de protagonismo da diversidade, democracia e da nossa identidade.

Prefeitura do Rio

Secretaria Municipal de Cultura

visit RIO · RIO CAPITAL MUNDIAL DO LIVRO 2025 · PREFEITURA RIO | Cultura

VERMELHO MARINHO

Este livro foi impresso em sua primeira edição
em novembro de 2025.